子どもたちよ

子ども時代を　しっかりと

たのしんでください。

おとなになってから

老人になってから

あなたを支えてくれるのは

子ども時代の「あなた」です。

石井桃子

2001年7月18日

石井桃子のことば

中川李枝子　松居直　松岡享子
若菜晃子 ほか

とんぼの本
新潮社

目次

第一章

石井桃子の仕事……6

クマのプーさん／ドリトル先生「アフリカ行き」／ノンちゃん雲に乗る
小さい牛追い／ムギと王さま／ハンス・ブリンカー／とぶ船／ちいさいおうち
やまのこどもたち／山のトムさん／やまのたけちゃん
ちいさなうさこちゃん／ピーターラビットの絵本
子どもの図書館／子どもと文学／児童文学論／児童文学の旅
幼ものがたり／幻の朱い実

インタビュー　「岩波少年文庫」創刊のころ……20

石井桃子全著作リスト……38

第二章

石井桃子の生涯……49

幼いころ……50

児童文学の世界へ……56

石井桃子が出会った人々とことば 1……58

ふだんの石井先生……62

農業時代……66

余録　鶯沢訪問記……72

海外留学……76

石井桃子が出会った人々とことば 2……78

石井桃子の旅と人……80

子ども文庫とともに……90

余録　文庫の思い出……95

折り紙で作った羊飼いと羊はかつら文庫のクリスマス会の贈り物にもなった

牛の乳搾りに使う取っ手付きの丸椅子。高いところの本を取る足台として部屋の隅に

書斎には小さな置物がそこここにたたずむ。訳した物語にも登場しそうな子馬たち

執筆生活……98
石井先生の一日in追分……100
百歳のことば……102
年譜……104

第三章 石井桃子と私……109

中川李枝子……110
松居直……112
松岡享子……114
岸田節子……117
西村素……118
余録 追分にて……119

エッセイ はるかなものをもって……55／待合室……64
友だち……86／ひとり旅……122
書棚から ホーン・ブック……48／ウィラ・キャザー……54
トルストイ民話集……74／野の花図鑑……106
コラム 生活とことばについて……65
子どもと子どもの本について……96
自然について……107

木彫の牛飼いと牛も書棚の一隅に。かつて送った農場生活を懐かしんでいたのか

可動式辞書棚の上には、V・L・バートンが指導したデザインアトリエ製のクロスが

書いた手紙の重さを量るためのレタースケールが机の上に常備されていた

第一章 石井桃子の仕事

編集者、翻訳家、作家として、一生を通じて二百冊以上の子どもの本を世に送り出した石井桃子。「名が残るのではなく、本が残ってくれればいい」と近しい人に話していたという、その精魂をこめた仕事の数々

書斎には明るい光の入る大きな窓があり、友人から形見にもらった机で仕事をしていた。筆記具にはそれほどこだわりがなかったが、気に入ったボールペンの替え芯は、引き出しにどっさり買いだめしてあった

私がいままで物を書いてきた動機は、じつにおどろくほどかんたん、素朴である。私は、何度も何度も心の中にくり返され、なかなか消えないものを書いた。おもしろくて何度も何度も読んで、人にも聞かせて、いっしょに喜んだものを翻訳した。

児童文学雑感『読書春秋』1952

私が子供の本にひかれるのは、どこの国の人にも通じる普遍性があることです。きっと時代の風潮に影響されない根本のところで書かれているからなのでしょう。

土曜訪問『東京新聞』1995

クマのプーさん

A・A・ミルン作　E・H・シェパード絵　岩波書店　1940年

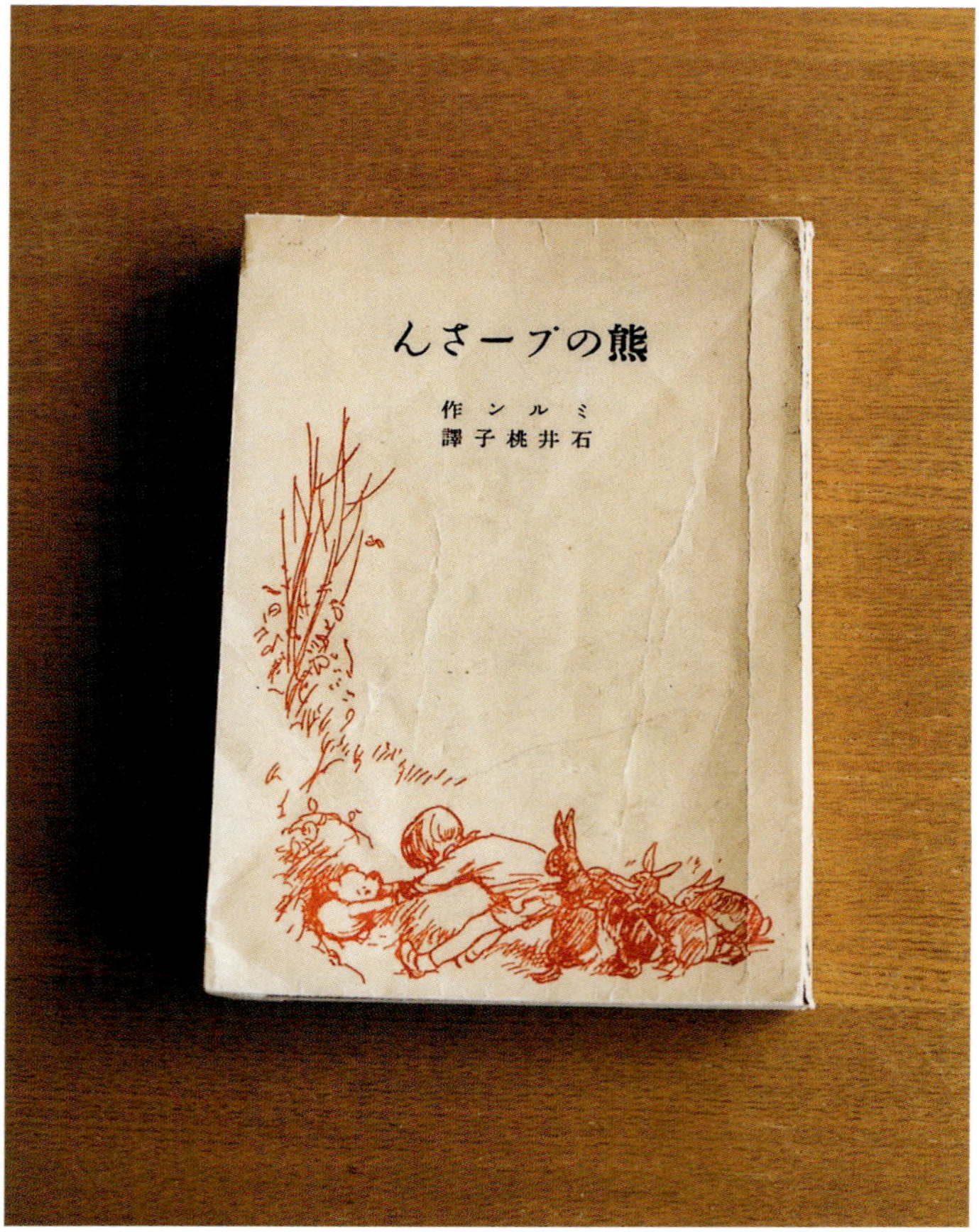

ふしぎな世界へつきぬける時、くぐりぬけるのは、肌につめたかったり、かたかったりするより、何かもやもやとした、やわらかいものなのだろうか。

いわずと知れた、翻訳家石井桃子の初めての単行本であり、代表作である。

プーと石井との出会いは、一九三三（昭和8）年のクリスマス・イブのこと。当時懇意にしていた政治家で作家の犬養健邸を訪れた石井は、ツリーの下に朱色の表紙の原書を見つける。子どもたちにせがまれて読み始めた石井は、すぐにその不思議な魔法にとらわれ、もうひとりの熱心な聞き手である病身の親友とともにプーの世界に入り込んでしまう。やがてその翻訳は、戦時中にもかかわらず本になり、プーは、鬱屈した毎日を暮らす若い人たちの心をも暖かく励ますことになった。

人は最初の作品にその人となりが最も表れる。石井はプーに導かれて児童文学の世界に入ったと語っていたが、好きな世界にひたって、思うままに訳すことのできた石井は、すでに子どもの本の訳者としてのセンスをもっていたのだろう。

プーがいれば満足で、作者のミルンには興味がなかった石井だが、晩年になって、プーから与えられた恩恵の大きさに、「彼の生きているうちに、『ありがとう』と言うべきではなかったか」と思い直し、彼の自伝を五年の歳月をかけて訳した。

石井の人生はまさに『クマのプーさん』とともにあったのだ。

プーと私（抄）

一九三三（昭八）年のクリスマス・イーヴに、私は、そのころ、信濃町の駅のすぐ上にあった、故犬養健氏邸をたずねた。当時、私は、雑誌社に勤めていて、はじめ、仕事のことで健氏と知りあい、そのうち、いつのまにか、夫人やふたりのお子さんたち（いまは評論家として活躍中の犬養道子さんと共同通信社の康彦さん）たち《ママ》と親しくなってしまっていたのであった。その夜も、きっとクリスマスのことで伺ったのにちがいない。

のちには建てかえられたが、そのころの犬養邸は、ライト式の簡素なバンガロー風のつくりで、大谷石をつかった玄関をはいると、中庭を囲むように廊下がカギの手に曲っていて、その左へ曲る角のところが、小さなホールになっていた。

その夜、そこには、小さなクリスマス・トリーが飾られていて、その下に、あまり新しくない朱色の（と、私は記憶している）ジャケットのかかった本が一冊おいてあった。（ほかに何か贈り物があったのかどうか、その夜おこったことで、プーに関する以外のことは、みな、記憶がうすれてしまった。）

当時、小学四年くらいだった道子さんが、「公ちゃんがくれたの。」といって、その本を私に見せた。本の題は、“The House at Pooh Corner”というので、トラやクマらしいものや、小さい男の子などの、とてもいい、たのしい絵がついていた。扉には「康彦君　パパに読んでおもらいなさい　公一」ということばが書かれてあった。

道子さんたちが、公ちゃんと呼んでいたのは、西園寺公一氏のことであった。そこに書かれている文字が、たいへん美しく、ことに公の字が私にはよく見えたので、自分の名をこのように書ける人は幸いなるかな、と思ったことをおぼえている。そして、またそのページには、その本は、それより何年かまえに、西園寺氏が、イギリスにいたころ、ある夫人からおくられたものである旨が、英語で書いてあった。

私が、そんなところを順々に見ているうちに、道子さんと康ちゃんは、それまでもよくしたように、「読んで！　読んで！」を唱えはじめていた。

私は、ストーヴのそばに腰かけて、読みはじめた。

その時、私は、その本の著者についても、その本に登場するクリストファー・ロビンやプーやコブタについても、何も知らなかった。だから、私は、小さい聞き手に何の予備知識もあたえないで、いきなり、「ある日、プーは——」とはじめたのである。

その時、私の上に、あとにも先にも、味わったことのない、ふしぎなことがおこった。私は、プーという、さし絵で見ると、クマとブタの合の子のようにも見える生きものといっしょに、一種、不可思議な世界にはいりこんでいった。それは、ほんとうに、肉体的に感じられたもので、体温とおなじか、それよりちょっとあたたかいもやもやをかきわけるような、やわらかいとばりをおしひらくような気もちであった。

ずっとのちに、やはりイギリスのC・S・ルイス作の「ライオンと魔女」という本の冒頭で、ルーシーという女の子が、宏壮なおじさんの屋敷で衣装だんすの中にはいりこみ、そこにさがっている毛皮の外套をかきわけたところ、その先の魔法の国にいってしまったというところを読んだ時、私は、はじめてプーの話を読んだ時のことを思いだした。ふしぎな世界へつきぬける時、くぐりぬけるのは、肌につめたかったり、かたかったりするより、何かもやもやとした、やわらかいものなのだろうか。

それは、ともかく、私が、そうしたふしぎな気分で、

「雪やこんこん、ぽこぽん」

などと口ずさむころには、私の聞き手も、そばで大さわぎをはじめていた。道子さんはきゃあきゃあ叫んでいるし、康ちゃんは、ひっくり返ってはストーヴのほうへころがっていくので、私たちは、それにも気をつけなければならなかった。

プーの話は、世界じゅうにたくさんの愛読者をもっているけれど、その中でも、その夜の聞き手と読み手は、そうわるい読者ではなかったと、私は自負している。とにかく、もやをかきわけながらの私も、小さいふたりも、かなり正確に、この本から流れ出る波長をキャッチしていたように思える。私たちは、「ある日、プーは」とはじめるまでは、ちっともそのことを予期してはいなかった。しかも、そのことは、正におこったのである。

その夜、私は、残りの話を読んでくるからといって、本を借りて帰り、夢中で読みおえた。といっても、作者についても、作者が、どういういきさつでその本を書いたかも、すこしもわかったわけではなかったが。とにかく、その本の中には、私がはじめて知る、たんのうできる世界が充満していたのである。

それからというもの、道子さんたちとは、会うたびにプーの話をし、手紙もプー語で書くようになった。

そしてまた、私の身辺に、もうひとり、プーの話の熱烈な聞き手があらわれた。それは、私より少し年上の、病身の女性で、それからまもなく死ぬ運命にあった人だったが、ある日、私は見舞いにいって、彼女にプーの話をした。プー熱は、たちまち、彼女にも感染し、彼女は、会う時に聞くだけでは満足しないで、紙に書けといった。

なぜかといえば、「もうじき死んだら、三途の河原で石をつんでいる、かわいそうな子どもたちを相手に、幼稚園を開こうと思うのだが、ちゃんと日本語になっていないと、上手に話してやれないではないか。」というのであった。

こんなことから、道子さんたちといっしょに、プーを訳して、西園寺氏に校閲してもらって、本にしようかというような話も出たけれど、結局、それから何年かして、私ひとりで本にすることになったのは、そうこうするうちに、私の中で、プーが日本語でしゃべりはじめてしまったからであった。

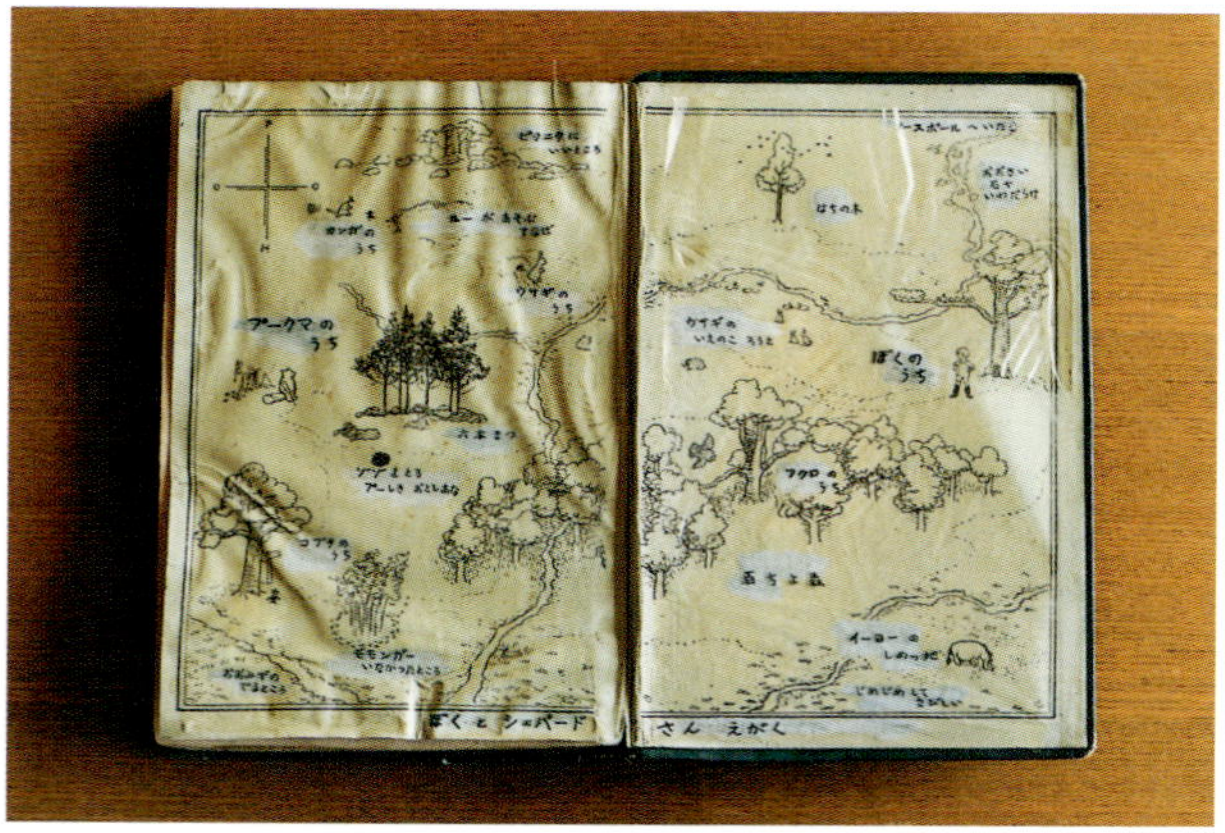

『図書』1969

（「プー」を好きになってくれたひとたちは）戦争がはげしくなって敵性国家のものとして紙の配給をうけられず、絶版になり、戦後もしばらく、翻訳権の所在がわからず、出版されないでいた時、「どうしてまた『プー』を出さないのか。」と聞いてくれた。そして、あるひとは、古本屋をさがし歩き、背に「のプ」という字だけ残っている本を見つけだした時のうれしさはなかったと話してくれた。*1

外国の友人が「プーを訳すの、どんなにむずかしかったろう」と言うんですけれども、いままでした仕事のうちでいちばんやさしかったんですよ（笑）。*2

「クマのプーさん」には、愛情（love）という言葉は一度も出てきません。それでも「愛する」ということがどういうことか、ちゃんと分かるように書いてあります。*3

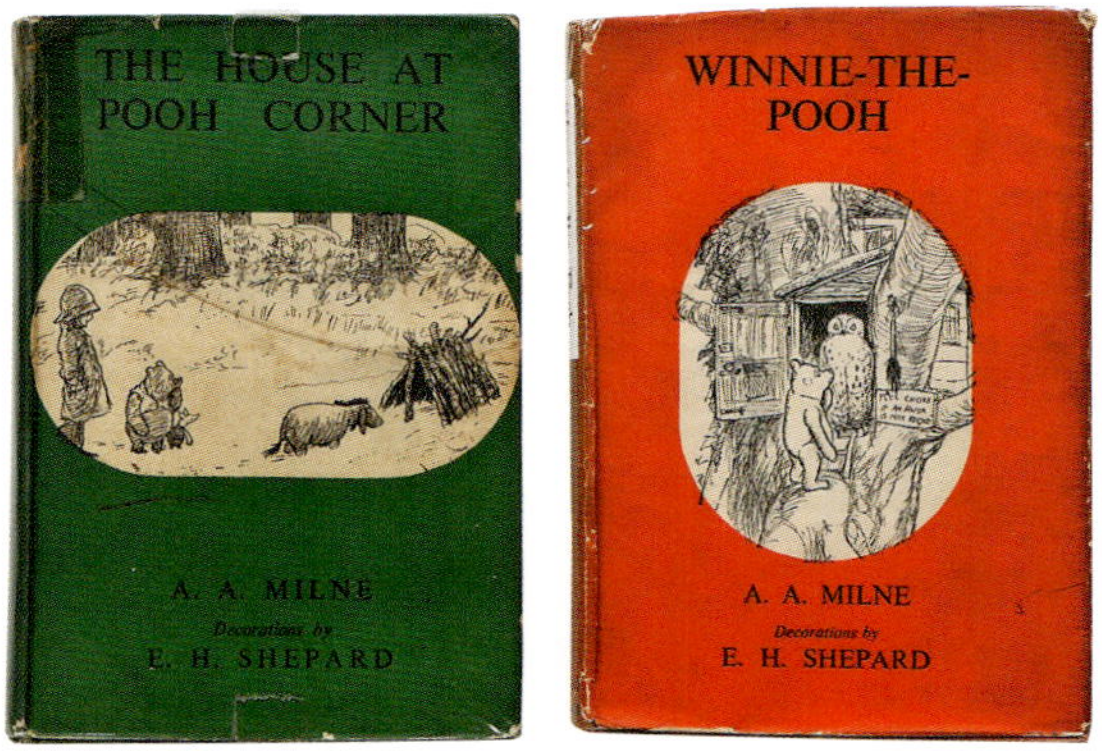

（登場人物の）「ゾゾ」は困っちゃったんです。英語なら heffalump っていう難しい言葉ですから。The House at Pooh Corner これも困りましたね。corner っていうのは、「横丁」じゃないですからね。でも何か隅っこで、イーヨーが憂鬱に住みそうなところというのでと思って（笑）。*4

ほんとに五十年前より、いまの方が売れてるんです。誰が買うんだろうと、いつも不思議に思うんですけど。私は「プー」に養われてるみたいだな、と時どき思います（笑）。*5

頭のわるいクマのプーは、いまだに、ただおもしろおかしいだけでない、「思案のしどころ」へ、たえず私をつれていってくれるのだが、しかし、「プー」の本にかぎって、私は、あえて、分析しようとは思わない。魔法は魔法でとっておきたいからである。*1

＊1プーと私『図書』1969　＊2雪が降っているのに、それは暖かい世界でした『文藝』1994　＊3新教育の森　学校と私『毎日新聞』2001　＊4はじめに魔法の森ありき『ユリイカ』2004　＊5明治人からの〝遺言〟『文藝春秋』1996

ドリトル先生「アフリカ行き」

ヒュー・ロフティング作　井伏鱒二訳　白林少年館　1941年

（井伏さんは）「ああ、この原稿は、きつかった。ああ、これには手を焼いた、はあ。」というようなことを、ため息をついて呟かれるのであった。

見慣れぬ赤い表紙の『ドリトル先生「アフリカ行き」』は、戦前、石井桃子が友人と立ち上げた、児童図書室兼出版社の「白林少年館」から出版された本である。訳は作家井伏鱒二。石井は文藝春秋社に勤めていた頃から親交のあった井伏に、児童書の翻訳を依頼したのである。

井伏はあとがきで、「子供の読物は、先ず面白くなくてはいけない」「決して調子をおろしてはいけない」「子供の読物として上乗のものは、同時に大人の読物としても上乗のものでなくてはならない」と、作者ロフティングの考えを披露している。この考えは、従来の日本の子どもの本に対して違和感をもっていた井伏にも石井にも共通するものだっただろう。『ドリトル先生』は、ふたりの思いなくしては生まれなかった名著だった。

「少年館」はわずか二冊を出版しただけで終わるが、自分が好きで、よいと思った本を、子どもたちに届けたいという、石井の方向性はこのときすでに定まっていた。井伏はそうした石井の志を尊重して支え、のちに石井が編集した岩波少年文庫でも、シリーズの翻訳を担当した。

少年文庫は改版の際に訳者が変わることも多いが、『ドリトル先生』は現在に至るまで、井伏の名訳のままである。

井伏さんとドリトル先生（抄）

私の書斎（というのも、少し大げさすぎるのだが）の本棚の一隅に、私が物を書きかけたころの、思い出は深いが、ほかの人には価値のない本を積み重ねておく場所がある。

その中に、幅十三センチ、縦二十センチ弱、厚さ一センチほどの、まことにスレンダーで可憐な、赤い表紙の、特別な本が一冊、はさまっている。ほかの本は日に焼け、よごれているが、この本だけは表紙の色が褪せないように紙で包み、ビニールの袋に入れてある。私は、時どき、この本を出しては眺めるのだが、その度に、もしこの本が井伏さんのお宅に残っていれば、別の話だけれど、もしそうでなければ、この本は日本にこれ一冊ということになるかもしれない。そうなると、もっとだいじに補強して蔵《しま》っておかなければと考えつつ、何となく忙しさにまぎれて、またビニールの袋に入れて、元にもどしてしまっているのである。

奥付を見れば、すぐわかることだけれど、この本こそは、昭和十六年一月二十四日発行の井伏鱒二訳、『ドリトル先生「アフリカ行き」』の初版本（白林少年館出版部版）なのである。この奥付のいく行もない活字にざっと視線を移していくだけでも、私の胸には、さまざまな思いがこみあげてくる。（中略）

私は、その年の二、三年前に出版社勤めをやめ、二年前に母を亡くし、生まれた町に住む理由をなくして、井伏さんのお家のかなり近くの、杉並区荻窪へ引っこしてきていた。私が一ばん度々、井伏さんをふらりとお訪ねしたのは、そのころのことではなかったろうか。（中略）

さて、私は、こうして友だちから送られた「ドゥーリトル先生のお話」をたいへんおもしろく思い、次に井伏さんをお訪ねすると、早速その粗筋をお話しした。

井伏さんは、目をパチパチさせながら、その話を聞き終え、「いい話ですね。いい話ですね。日本の子どもの話って、糞リアリズムで厭味だ。こういうふうにいかないんだなあ。」とおっしゃった。

さてまた一方、私は、こうして井伏さんのところに押しかけて勝手に子どもの本の話をお聞かせしたりしている間に、二、三の女の友だちと語らって、小さい、子どものための図書室を設けようとしていた。（中略）「戦え、戦え」のその時代に、まず子どもたちに、どんな本を読んでもらいたいかということを考えたとき、私たちがまず思いついたのは、無謀かも知れないけれど、「ドゥーリトル先生のお話」だったのである。（中略）

しかし、最初の巻だけをお手伝いした私から見ると、井伏さんは、あの本の翻訳ちゅう、かなりたのしまれたのでもあろうという気もしないではない。「ドゥーリトル」の名前は、下訳をもっていって、説明する私に、ずばり、「ドリトル先生にしましょう」とおっしゃっておきめになるし、「情況が思わしくなく、好転するのを待つという意味の諺……」などと私が言い終わらないうちに、「待てば海路の日和」と教えてくださるし、「頭が二つで胴体が一つの珍獣、押しっくらをしているけものの名」といえば、「オシツオサレツ」という言葉が井伏さんの唇から流れ出ていたのだった。

そのような質疑応答のあと、井伏さんは、原稿をかばんに入れ、旅行に出、それこそ徹夜で呻吟してくださったようである。そして、帰られると、そのたいへんさをしみじみ思いだしたというように、「ああ、この原稿は、きつかった。ああ、これには手を焼いた、はあ。」というようなことを、ため息をついて呟かれるのであった。

『井伏鱒二全集』月報1998

ノンちゃん雲に乗る

石井桃子作　大地書房　１９４７年

『ノンちゃん雲に乗る』は最初、兵隊に行っている友達の憂さ晴らしのために書きました。友達が兵営で私が送る原稿を夜中にかくれて読んで、「読んでいる時だけ人間になっている」と言ってくれたんですね。

雪が降っているのに、それは暖かい世界でした『文藝』１９９４

『ノンちゃん雲に乗る』は、石井の創作のなかでは最も古く、最も世に知られた作品である。

ある春の休日の朝、気持ちよく目覚めたノンちゃんは、母と兄が黙って東京に出かけてしまったことを知り、怒りと悲しみで大泣きしながら、いつもの氷川様の境内にゆき、木に登る。そして落っこちてしまった池のなかで、雲に乗ったおじいさんと出会い、家族のことや自分の来し方を話し始める……。

子どもと大人の目線が絶妙に入り交じり、空想と現実を行き来する物語は、戦後まもない頃に出版され、芸術選奨文部大臣賞を受賞、ベストセラーになり、映画化もされた。

華々しい来歴とは裏腹に、物語には明るさのなかに、どこか死を連想させる、暗い影がある。この作品が、戦争に動員された友人の心を少しでも和ませるために、自らも行き場のない息苦しさと孤独のなかにありながら、ひとり細々と書き続けたものであることを知るとき、その味わいはまた違ったものになるだろう。

戦後、原稿を東京の知人に預けたまま、宮城で農業生活を送っていた石井は、その印税を元手に牛を買い、酪農を始めた。

自作再見「ノンちゃん雲に乗る」

久しぶりで「ノンちゃん雲に乗る」を、初めから終わりまでつづけて読んだ。十五、六年ぶりのことであろうか。

私には、ほとんど無意識のうちに——というのは、これが本になるだろうかとか、大勢のひとに読んでもらいたいとかいう気持なしに——書きつづけ、訳しつづけた本が二つある。一つは「ノンちゃん」であり、もう一つは「クマのプーさん」である。これらの本を書き、訳していたときの心境は、純粋に自分と数人の友人のためにというのであった。その一途な意図は、いま思いだしてもなまなましいほど鮮かによみがえってくる。

何しろ、戦争ちゅうのことなのであった。忠君愛国以外のことしか書いてない本に、紙の割りあてのあろう希望は少なく、また、そんな計算ずくの考えよりも、まず、自分の心をなごませ、友人を喜ばせることのほうが急務であった。

「ノンちゃん」を書いているころ、私の心は倦んでいた。後年、そのころの私自身の状態を説明するのに、私はよく酸欠の金魚が水面であっぷあっぷしていたようなという、まことに即物的な形容を使った。自分自身に世界情勢を見ぬく力もなく、自分の国のゆく先の見えない思いは、まったく窒息寸前に似ていた。

そのころおこったことで、いまだに忘れずにいる、逸話ともいえない小さな出来事が二つある。一つは、ある高台の駅のホームから、青空に浮かぶ雲に日が射して、ぱっと輝くのを見た思い出である。ああ、まだ、雲の上には光り輝く世界があると思った。また別の日、あるつつましい社宅の中の路地を通りかかると、四、五人の女の子が、一人は小さい台の上に立ち、あとは手をつないでその台をめぐり、忘我の状態でおどっていた。食料も配給で、その子たちも学校へゆけば、神社清掃にかりだされる時代であった。私も、うっとりとして、そのおどる少女たちを眺めて、しばらく立っていた。

光り輝く雲とおどる子どもたちが結びついて、すぐお話ができたわけではない。しかし、二つの出来事は別々に心にしまわれているうちに、いつの間にか、私は、やはり私同様に心屈していた友だちに向かって、「私、お話書いてあげるわ。」と口走るようになり、あと先の見通しもなく、「ノンちゃん」を書きはじめていたのである。

ある日、ひとり、山小屋のような小さな家で書きつづけていたとき、隣家のラジオから、山本五十六大将の戦死のニュースがもれて来て、呆然としたのは、そのころのことではなかったろうか。

今度、十五、六年ぶりで「ノンちゃん」を読み返し、あまりしばらくぶりだったので、へえ、これ、私が書いたの? というびっくりさがないでもなかった。書いていた時代のあの暗い鬱々たる気分に比して、何と明るくておもしろい本ではないか……などと、自分ながら考えてしまったのだが、いやいや、それは、やはり、私なりにそのころの重さをはねのけようとして、精いっぱい、「無意識的」な努力をした結果なのだと思い直した。

「ノンちゃん」が書かれてから、半世紀がたとうとしている。書かれたことの細部は古くなった。例えば、もう普通の犬は放し飼いされていないし、畳敷きの家も少なくなった。にもかかわらず、いま尚、ノンちゃんの、か細い叫びを聞いてくださる方のあることを、私はたいへんうれしく思っている。

『朝日新聞』1991

アンデルセン童話選 下
家なき子 中
エミールと探偵たち
村に学校ができた
ワンダ・ブック
チビ君
ネギをうえた人
ニールスのふしぎな旅 下
小公子
ギリシア・ローマ神話 下
小ネズミのピーク
わが友キキー
家なき子 下
学問のあるロバの話
ピーター・パン
パセリ通りの古い家
おばあさん
くろんぼノビの冒険
オタバリの少年探偵たち
草原の子ら 上
草原の子ら 下
小さな魔法使い
ふくろ小路一番地
チムール少年隊
黒ちゃん白ちゃん
ポポとフィフィナ
アンナプルナ登頂
タオチーの夏休み日記
フランダースの犬
とんぼがえりの小ウサギ
海に育つ
岩波少年文庫

廊下に作りつけの書棚には、編集者としての大きな仕事のひとつだった、岩波少年文庫創刊の頃の初版本がびっしりと並ぶ

「岩波少年文庫」創刊のころ（抄）

「少年文庫」には前身があるんですよ。たしか長田幹雄さんの編集と思いますが、戦前に子どものための名作文庫を出す計画があったんです。「少国民のために」と並ぶはずの文学のシリーズだったんですね。日本の古典はよい現代語訳にして、外国のものはよい日本語訳にして、というような名作文庫のうわさを私が聞いたのは戦争もだいぶ進んだころでした。

　私は、もちろん、その計画には加わってなかったんですけど、間接的にその中のある本を訳すつもりはないかどうか聞かれたことはありました。結局、実現はしなかったんですけど、あの戦争中のことでしょう、そんな企てがあるというだけで、とっても心強くうれしかったですね。そして、その企画の後身である「少年文庫」の編集をお手伝いすることになったんです。

　「少年文庫」の創刊には、大人の読者だけではなくて、年齢の下の層に読者を拡げようという意図が、岩波の上の人たちにおありだったようですね。そういう考えが、「岩波子どもの本」の誕生にもつながっていくわけです。

　前身のある企画でしょう。だから私が仕事をはじめた時は、すでにいくつかリストができていたんです。『宝島』はもう校正刷りにまでなっていました。今ある阿部知二先生の訳ではなくて、佐々木直次郎先生が戦前に訳された方ですね。佐々木先生は亡くなられていたので、奥様の諒解を得て字を変えたりした思い出があります。遠藤寿子先生訳の『あしながおじさん』、村山英太郎先生訳の『クリスマス・キャロル』も古いリストで進行していたんです。

　その三冊に、新たに高橋健二先生訳の『二人のロッテ』と私が訳してもっていた『小さい牛追い』を加えて、計五冊をその年（一九五〇年）のクリスマスにともかくもまとめて出そうというんで、とにかく、やみくもにがんばったような気がします。古いリストに、少しずつ新しい作品を入れ、日本の物も入れてやっていこうということだったのです。その頃、アメリカ文化センターには子どもの本のとてもよいカタログがありましたから、しょっちゅう通いました。

　ちょうど同じ年に、「少年少女の読み物百種委員会」というのがあったんです。松方三郎先生や、中野好夫先生、羽仁説子先生、吉田甲子太郎先生なんかが委員としてお集まりになっていて、私も会議の末席につらなって口出ししたりもしました。各界の五百人にアンケートを出しましてね、日本で出ている児童出版物の中からよい本と思われる百点を選んだんです。あの試みも、「少年文庫」創刊の参考にしようという狙いがあったのでしょう。

　クリスマスに五冊が出た時、私、どのくらい売れるのかと思っていたんです。そうしたら、二万部ほどが三ヵ月で全部売り切れたんですよ。力を入れてくださった長田さんや小林さんも喜んでくださったんです。

　それで月二冊を出してゆくという計画なんですけど、それはもう大変でした。嘱託の私と、中村さんという社員の方と二人で仕事をしていたのですが、どうしようもないほど忙しくなっちゃったんです。そこで私の家に遊びに来たりしていた、いぬいとみこさんが社員になって加わって、外にアルバイトの方をお願いしたりしました。

　まったく新しい体験だったでしょう。子どもの本づくりの何から何までが初めてのことなんですから。本当にやみくもにやっていたと思うんです。

　子どものためのよい翻訳ということ一つにも、想像していた以上のむずかしい問題があるんですね。そ先生に原稿をいただきますね。それを読んでみると、耳でわかる言葉で書かれていない。つまり、口語じゃないんですね。特に子ども同士の会話がむずかしい。日本語訳を読むより英語を読む方がやさしいということにもなっちゃうんです。

そんなことが気になっていろいろ対策を考えたりしていると、先生のところへ疑問をうかがいに行くまでに時間がかかっちゃうんです。（中略）

岩波で四年ほど「少年文庫」の編集をしまして、坂西志保先生のおすすめもあって、アメリカへ子どもの本の図書館活動を勉強に行ったんです。カナダとヨーロッパへも行きました。五四年の退社ですから、「岩波子どもの本」の創刊（一九五三年十二月）に関係して、二期目の途中で辞めたことになりますね。

「少年文庫」の編集をしていたとき、日本の作品をその中にうまくはめこんでゆかれなかったことが、いま考えてもまったく残念ですね。

例えば、『宝島』が本になるまで、五度も六度も校正刷りを読みますね。その度に、人物の性格の発展だとか筋の運びのうまさに、うーんとうなってしまうんです。そこで今度は、日本の作品を入れようと思って、いろいろ読みますでしょう。何とって読んでも、私にはとことんまで納得できなかったんです。日本の人たちの作品には、何かきらめくようなものがあって、明治から抜け出す過程にあった、成長期の日本人には訴えたものはあったと思うんですけれども。でも、童心主義は今の子どもにはちょっとわからないと思うんですよ。そして、ほとんどが、短篇なんですね。

日本のものはどうしてなんだろう、ということが分析的に私にはわからない。これでは編集者の位置にいても責任果たせないなと思うようになっていたんです。本当に、外国のものをとってくるだけならやさしいんですよ。いい作品を見つければいいんですから。外国ではどうなっているか、それを見に外国へ出かけたんです。（中略）

五四年の旅行は、私にとっては大転機だったわけです。その大転機のひきがねになったのは、「少年文庫」の編集体験だったといえるかもしれません。

私、本は単行本でなくちゃいけないと思っています。一つ一つの小説なりお話は、それぞれの顔を持っているでしょう。薄いものも厚いものも出てくるんです。それを、何々全集とか何々シリーズという形をつくってしまって、同じページ同じ定価でやろうというのはおかしいんです。一つ一つの本が、個性豊かに、形もちがう、大きさも厚さもちがう、装丁もちがうし、組み方もちがうといった風であってほしいんですよ。

「かつら文庫」を開いた時、つくづくわかったんです。何々全集は、本屋ももうかるし、訳者も小売店ももうかるんですけど、子どもがほとんど手を出さない。子どもが手を出すのは、神経のいきとどいた個性のある一冊一冊の本なんです。

一方、なるべく多くの子どもたちに本をとどけるということも、とても大切なことですね。「少年文庫」が、創刊の時に、ペーパーバックとして出たのは、日本が貧しい時代だったからでしょう、果した役割は大きかったわけです。今もその役割の重さは変らないと思いますよ。

でも、個性的なすぐれた単行本ができ上って、それがよく売れて、次に文庫に入っていくというのが理想ではないかしら。

私、「少年文庫」もそういう性格であってほしいと思います。

今は、私が「少年文庫」の編集をやっていたころとは、児童文学の様子も変ってきていると思います。いい編集者が、しっかりした見識を持って、作家の仕事を批評したり励ましたりできれば、いい創作が次々にでてきますよ。そういう基盤はできつつありますね。すぐれた古典の翻訳や、世界各国の新しい児童文学の紹介とともに、これからは日本人の書いた作品がもっともっと「少年文庫」に入っていってほしいと思います。

（談）

『図書』1980

小さい牛追い

マリー・ハムズン作　岩波少年文庫　1950年

そのころ、東北のいなかで牛を飼っていた私にとって、オーラたちの生活はまったく身近で、オーラたち自身、いわば、友だちのように親しく思われていたからです。

『牛追いの冬』訳者あとがきより

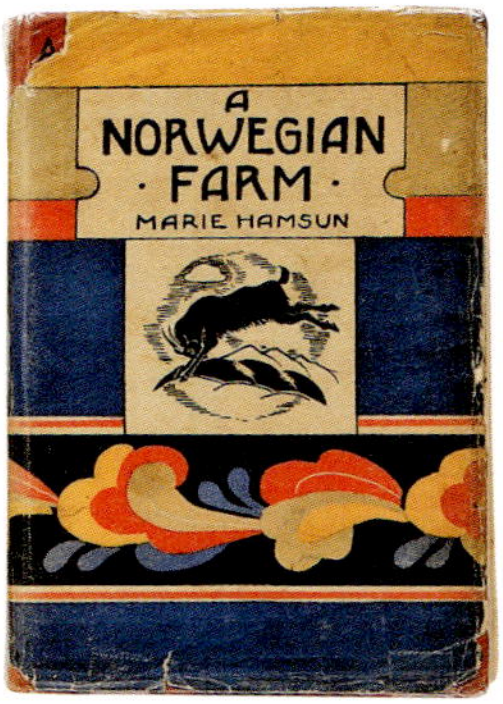

ハンス・ブリンカー

メアリー・メイプス・ドッジ作
岩波少年文庫　1952年

この本が出版されたのは、いまから百年ちかいむかしの一八六五年でした。（中略）今日もなお、出版されたときとおなじように読まれているというのは、おもしろいことです。

ムギと王さま

エリナー・ファージョン作　岩波少年文庫　1959年

かの女は、『ムギと王さま』を編んだとき、じぶんのしてきた仕事のために、じぶんの手で一つの碑をたてたというようにも思えてきます。

とぶ船

ヒルダ・ルイス作　岩波少年文庫　1953年

「とぶ船」を読んで、そのゆたかな想像力、また、たくみに描かれている子どもの性格に感心してしまったのです。

各文庫の訳者あとがきより

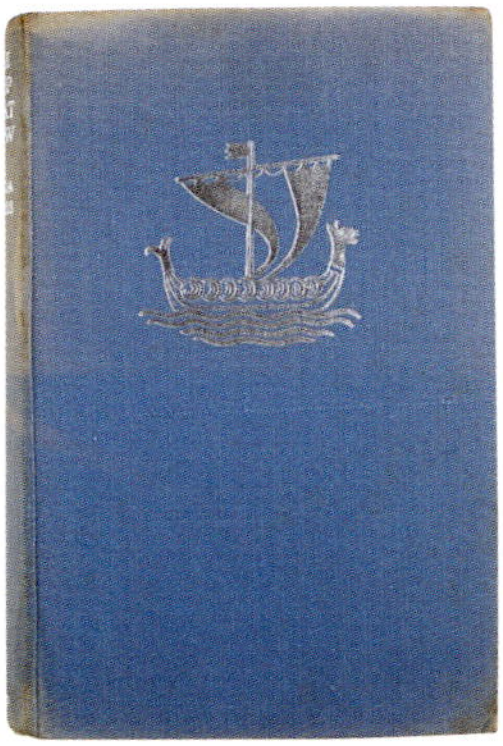

岩波少年文庫の草創期に収録された作品には、編集者だった石井自身が親しみ、好んだものも多く含まれており、そのいくつかは翻訳もしている。

戦時中、岩波書店より出版された『熊のプーさん』はもとより、戦後宮城での農業時代に、自らの生活と重ねて楽しんでいた『小さい牛追い』や『牛追いの冬』、子どもたちが生き生きと活躍する『ハンス・ブリンカー』や『とぶ船』、幻想的な物語で愛読書でもあったファージョンの『ムギと王さま』など、石井の翻訳の代表作ともいえる作品が目白押しである。また、『トム・ソーヤーの冒険』や『ゆかいなホーマー君』など、誰もが知る名作も、石井の翻訳であった。

こうしてみると、本人が後年語っていたように、自分が何度も読んで楽しみ、心に残った作品だけを訳していることがよくわかる。そうすることがまた、いちばん子どもの心に届くと知っていたのだろう。翻訳の精度にはこだわり、増刷改版のたびに、細かく直しを入れた。

作品の原書は、アメリカの友人で編集者のミラー夫人から送られたものも多い。石井がいかに広く海外の作品に触れ、よいものを日本に紹介しようとしていたかも、その選書から見てとれる。

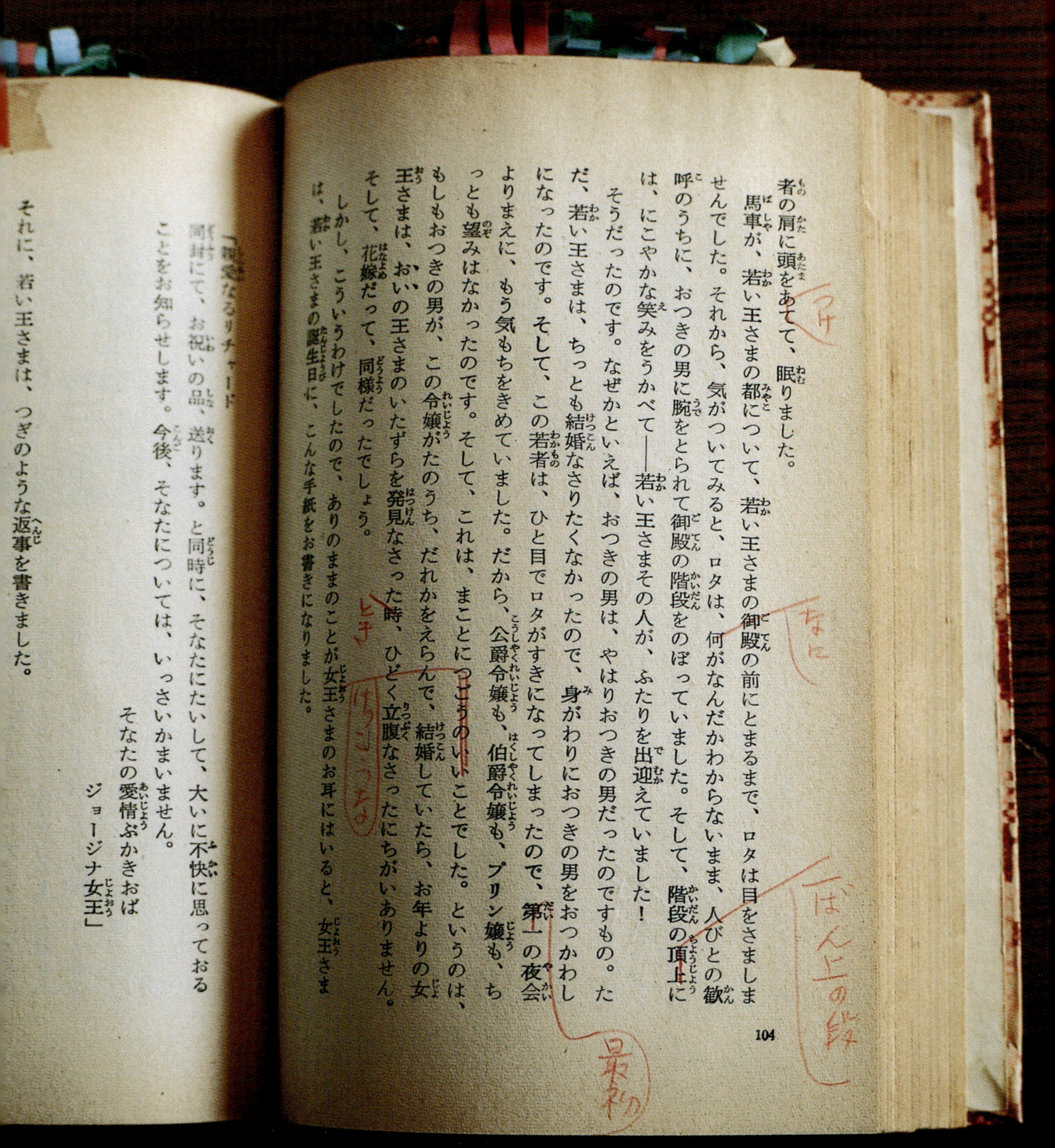
者《もの》の肩《かた》に頭《あたま》をあてて、眠《ねむ》りました。
馬車《ばしゃ》が、若《わか》い王さまの都《みやこ》について、若《わか》い王さまの御殿《ごてん》の前にとまるまで、ロタは目をさましませんでした。それから、気がついてみると、ロタは、何がなんだかわからないまま、人びとの歓《かん》呼《こ》のうちに、おつきの男に腕《うで》をとられて御殿《ごてん》の階段《かいだん》をのぼっていました。そして、階段《かいだん》の頂上《ちょうじょう》には、にこやかな笑《え》みをうかべて――若《わか》い王さまその人が、ふたりを出迎《でむか》えていました！
そうだったのです。なぜかといえば、おつきの男は、やはりおつきの男だったのですもの。ただ、若《わか》い王さまは、ちっとも結婚《けっこん》なさりたくなかったので、身《み》がわりにおつきの男をおつかわしになったのです。そして、この若者《わかもの》は、ひと目でロタがすきになってしまったので、第一《だい》の夜会《やかい》よりまえに、もう気もちをきめていました。だから、公爵令嬢《こうしゃくれいじょう》も、伯爵令嬢《はくしゃくれいじょう》も、プリン嬢《じょう》も、ちっとも望《のぞ》みはなかったのです。そして、これは、まことにつごうのいいことでした。というのは、もしもおつきの男が、この令嬢《れいじょう》がたのうち、だれかをえらんで、結婚《けっこん》していたら、お年よりの女《じょ》王《おう》さまは、おいの王さまのいたずらを発見《はっけん》なさった時、ひどく立腹《りっぷく》なさったにちがいありません。そして、花嫁《はなよめ》だって、同様《どうよう》だったでしょう。
しかし、こういうわけでしたので、ありのままのことが女王《じょおう》さまのお耳にはいると、女王《じょおう》さまは、若《わか》い王さまの誕生日《たんじょうび》に、こんな手紙をお書きになりました。
104
「親愛なるリチャード
同封にて、お祝《いわ》いの品《しな》、送《おく》ります。と同時《どうじ》に、そなたにたいして、大いに不快《ふかい》に思っておることをお知らせします。今後《こんご》、そなたについては、いっさいかまいません。
そなたの愛情《あいじょう》ぶかきおば
ジョージナ女王《じょおう》」
それに、若い王さまは、つぎのような返事《へんじ》を書きました。
つけ
なに
ばん上の段
最初
とき
けっこうな

書斎に遺されていた『ムギと王さま』の校正用原本には、細かく赤字が入り、付箋がびっしりとつけられていた

ちいさいおうち

バージニア・リー・バートン作
岩波書店　1954年

私としては『ちいさいおうち』でしょうね。それは、はっきり説明できない気質的な面もあると思うのですが、あの中に見られる価値にたいする考え方、また力強い流動感、それをあのような幼い子どもたちへの絵本にあらわしていることに感服するんです。これを訳したすぐ後で、作者のバートンさんに会ったのですが、何だか、たいして話もしないで、わかりあえたような気がしました。

「岩波の子どもの本」の頃『月刊絵本』1974

ちいさい　おうちは、　おかの　うえで、　たいへん　しあわせに　くらしました。まわりの　けしきは　たいへん　きれいでした。
あさに　なると、　お日さまが　のぼります。
ゆうがたには、　お日さまが　しずみます。
きょうが　すぎると、　あしたが　きます。
そして、　あたりの　けしきは、　まいにち、　すこしずつ　かわって　いきました。
けれども、　ちいさい　おうちは、　いつも　おなじでした。

水色の表紙に描かれるのは、黄色い太陽に見守られ、緑の丘の上に建つ、赤い壁と煙突の、ちいさいおうち。にっこり笑った、幸せの象徴のようなこのちいさいおうちが、やがて丘の向こうからやってくる都市開発の波に飲み込まれていくようすは、子どもたちの心に鋭い痛みを感じさせ、そして、すんでのところを救われ、再び田舎で幸せを取り戻す場面では、深い安堵のため息をつかせる。

美しい絵と文で丁寧に描かれた「人間にとって大切なことはなにか」という、この作品のメッセージに、石井は心から共感し、岩波少年文庫に次いで、刊行が始まったばかりの「岩波の子どもの本」に、自らの訳で収めた。

長身でひっつめ髪、毅然としたバージニア・リー・バートンは、アメリカのニューイングランドで地域の人々にデザインを教え、ファブリックを製作し、販売もする、行動する女性でもあった。

彼女のスタジオを訪ねた石井は、その後も親交を深め、大作『せいめいのれきし』の他、多くの作品を翻訳している。来日の際には自身が主宰するかつら文庫へ招き、バートンは子どもたちを前に即興で何枚も絵を描いた。その大きな絵は今も石井の家に飾られている。

ある日、いなかの　まがりくねった　みちを、うまの　ひっぱって　いない　くるまがやってきました。
それは　じどうしゃでした。ちいさい　おうちは、それを　みて　びっくり　しました。うまが　ひっぱって　いないのに、うごくくるまなんて　はじめてです……
そのうち、じどうしゃは　もっと　どんどん　やってくるように　なりました。おおぜいの　ひとが、きかいを　もって　やってきて、おおきな　みちを　つくりはじめました。

子どもたちの　おかあさんが　しらべて　みると、そのちいさい　おうちは、ほんとに　おばあさんが　すんでいた　うちだと　いうことがわかりました。
そこで、おかあさんは　ちいさい　おうちの　ひっこしを、けんちくやさんに　たのみました。

ちいさい　おうちは
もう　二どと
まちへ　いきたいとは　おもいませんでした。
ちいさい　おうちの　うえで
ほしが　きらきら　またたきます。
みかづきも　でました。
いまは　はるです……
いなかは　たいへん　しずかでした……

やまのこどもたち　岩波書店　1956年

山のトムさん　光文社　1957年

やまのたけちゃん　岩波書店　1959年

石井桃子作　深沢紅子絵

戦後、石井が宮城県の山中で農業生活を送っていたときに、その日常に構想を得て作られた、「やま三部作」ともいえる作品である。

『やまのこどもたち』と『やまのたけちゃん』は、農村の子どもたちの毎日を四季を追って描いた絵本で、『山のトムさん』は家族の一員である飼い猫トムとの愉快な日々を綴った物語である。いずれもなにげない日常の出来事が石井の目を通して語られ、自身も盛岡で農業をしていた画家深沢紅子の絵とともに、生き生きと描かれている。

今では失われた、厳しくも美しい農村の人々の暮らしと自然が、これらの作品のなかでは静かに息づいている。

それにまた、深沢御一家も私も、戦中戦後の何年かを、それぞれ東北のさびしいところで身をけずるような開拓生活を経験していたから、話しだすと、話題はつきないのであった。（石井）

何よりも力になったのは、私が当時農村に住んでいたということでした。農村の生活は、現在とは非常にちがっていましたが、その古い生活を実際にみていたということでした。（深沢）

紅子せんせい礼讃『明日の友』1985（石井）、
『やまのこどもたち』の絵『やまのこどもたち』しおり 年代不明（深沢）

岩波の子どもの本『やまのこどもたち』見返しより転載

ちいさなうさこちゃん

ディック・ブルーナ作　福音館書店　1964-1982年

ブルーナなんか難しかったですよ。あの簡単な話の中に、その脇にある絵の雰囲気が入らなくちゃならないと思って。そして字数が限られてるでしょ。ほんとに体を縛り付けられたような束縛（笑）。（中略）あの本を最初、見たときはショックでしたよ。

（かつら文庫で棚に置いておくと）『うさこちゃん』の本を借りて行くと、返さないって言うんですよね（笑）。お母さんたちが、すっかり真似した模型を作って、それで初めて返してくれるんですって。そのくらい子どもたちに訴えかける力が強いわけね。

作家を訪ねて『ユリイカ』絵本の世界2002

まっすぐにこちらを見る、かわいい白い子うさぎ。赤、青、黄、緑、白のみを使った斬新な色彩。短くて、軽快で、やさしい文章。ま四角で小さい本のかたち。一九六四年に最初のシリーズが翻訳出版された当時、うさこちゃんに出会って、一目でお気に入りの本になった子どもたちは数知れないだろう。その舞台裏にも、石井桃子の人知れぬ苦労があった。

四角く限られたスペースのなかで、絵に合った短い文章をつけなければならない。石井は福音館の松居直から翻訳の依頼を受けると、自らオランダ大使館に赴き、オランダ語の響きを聞いて、それに合う日本語を丹念に探した。そして、幼い子にもわかるやさしいことばの組み合わせで、独自の名調子をつくりだした。

ブルーナの絵は今も大変人気が高いが、反面、『うさこちゃん』の名訳が石井の手によるものだと知る人は少なくなった。楽しさに酔った子ども時代から、大人になった今こそ、もう一度改めて、その文章を味わってみたい。

おおきな　にわの　まんなかに
かわいい　いえが　ありました。
ふわふわさんに　ふわおくさん
2ひきの　うさぎが　すんでます。

『ちいさなうさこちゃん』

「でも　あたし　まだ　くたびれない。
もっと　もっと　いましょうよ！」
でも　おうちまで　かえるとちゅうで
うさこちゃんは　ねむくなりました。

『うさこちゃんとうみ』

たのしい　いちにちが　おわるころ
うさこちゃんは　かめに　のりました。
かめの　せなかに　またがった
ほら　この　うさこちゃんの　とくいがお。

『うさこちゃんとどうぶつえん』

ねまきに　きかえた　うさこちゃんは
もいちど　まどから　のぞきます。
「ちいさな　とりさん　おやすみなさい。
あした　またいっしょに　あそびましょ」

『ゆきのひのうさこちゃん』

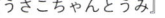

ピーターラビットの絵本

ビアトリクス・ポター作　福音館書店　1971-1983年

『ピーターラビットのおはなし』の原書

石井が手作りしたダミー本。絵を貼り、鉛筆で訳を書き込んでいる

出版された日本語版。言い回しや文字組が大きく変わっている

外国の物語を翻訳するひとは、だれでも、訳すのに苦手な本や作家をもっているにちがいない。私にとっては、ビアトリクス・ポターの本が、そういう本であり、ポターが、そういうひとなのである。

ニア・ソーリーまいり『月刊絵本』1977

ピーターラビットの絵本もまた、小さな判型に繊細な絵と文章で、知らない人はいない、美しい絵本である。

石井は自ら翻訳する三十年以上前に、銀座の教文館でこの本を見つけ、その存在を知っていた。児童図書館見学のために留学した際には、この小さな本が当たり前にアメリカの図書館の棚に並び、クリスマスの贈り物にリストアップされていることに驚いている。しかしこの独特の魅力をもつ本の翻訳は容易ではないと、なかなか手をつけられずにいた。おそらく心の底ではずっと気がかりな本であったのだろう。時を経てようやく着手するが、それからの苦しみをことあるごとに語っている。

しかし、そんな石井を支えたのは、イギリスの湖水地方にポターの足跡を訪ね、原画を目にした体験だった。石井はポターの生きた背景を身近に感じることで、その訳をポターのことばに近づけていったのである。石井を苦しめたのは作者だが、救ったのもやはり作者だった。

「ピーター・ラビットの絵本」を訳して（抄）

これは、私にとっては、たいへんに興味あることなのだが、英語圏のひとたちと話していて、私が訳したもののなかに、この二つの本がはいっていることを知ると、たいていのひとが、「あのプーを？むずかしかったでしょう。」「ピーター・ラビット」というのである。そして、「ピーター・ラビット」については、ほかのことはいっても、むずかしさについてはあまりいわない。

ところが、私自身の経験は、まったくの正反対であった。（中略）

私は、やっとすませた「ピーター・ラビットの絵本」の翻訳のできを、けっして満足していない。そして、あれは、満足のいくように外国語に訳せるような本ではない気がする。しかし、やってみなければわからなかったことが、たくさんわかったから、その点でたいへんありがたいことだと思っている。（けれども、読者の犠牲において、こんなふうに勉強しても、いいものだろうか、まったく申しわけないことである。）

さて、ポターの本にとりかかってみると、これは、三十年まえに無邪気にやってしまった「プー」とは、何というちがいだったろう。私は、ポターの単純な一語一語につまずいた。文章が単純であれば、あるほど、その文章、ことばは、独特のひびきをもち、いっそう小きみよく、きびきびとした語り口で、生きた生活を写している。それは、絵の場合、彼女の描く動物が、何ともいえない表情をたたえているのと合致する。

プーの饒舌と、ポターの単純さ。この二つを比較してみれば、私がポターの本で脂汗をしぼられたのは、もっともなことであった。私は、自分についているぜい肉を思い知らされた。そしてまた、これは、気質のウェットとドライの戦いのようなものだった。それと、もうひとつ、彼女のような、およそ間のびしていないお話を、ひらがなになおして、絵とむきあうスペースに組みこまなければならないということも苦しかった。まったくがんじがらめの仕事といってよかった。

いまでも、私は、もしポターさんが生きていて、日本語が読めたら、どんな辛らつな批評がくだることかと思ってしまうのだが、しかし、一方、しごかれるということは、一種爽快なことでもあるという感じをもたないわけにはいかなかった。そして、何よりも、私を助けてくれたのは、仕事の途中に、彼女のさし絵の原画を見られたことで、そのせんさいな線と色は、とてもあの印刷された本の絵からは想像できないほどの、おどろくべきものだった。あの原画が、ひと癖も、ふた癖もある「ピーター・ラビット」の著者に私を近づけてくれたのである。

『月刊絵本』1975

子どもの図書館

岩波書店　1965年

子どもが、本（文字）の世界にはいって得る利益は、大きく分けて二つあると思います。一つは、そこから得た自分の考え方、感じ方によって、将来、複雑な社会でりっぱに生きてゆかれるようになること、それからもう一つは、育ってゆくそれぞれの段階で、心の中で、その年齢で一ばんよく享受できる、たのしい世界を経験しながら大きくなってゆかれることです。

石井桃子は児童文学の翻訳家、作家としてつとに知られるが、その仕事は、翻訳、創作にとどまらず、評論、研究にも広く及んでいた。

この本は、子どもと子どもの本に関係する人たちにとっては、バイブルともいえる一冊である。一年間、海外の児童図書館を視察して回った石井は、帰国後、「子どもをはなれたところからいい本はできない」と先達に言われたことばを胸に、子どもの本を作る仕事のかたわら、自宅の一室を改築し、かつら文庫と名づけて、子どもたちが自由に本を読める家庭文庫を開いた。そして毎週末に通ってくる子どもたちの読書体験を七年間にわたって記録し、彼らに読み継がれる本の質の高さと、子ども時代の読書の大切さ、そして彼らが楽しんで読書をする場の必要性を世に問うたのである。

この本が出版された一九六五年以降、石井の活動に共感し、家庭文庫を開く人々が全国に激増した。石井の意図は文庫を増やすことではなく、公的な児童図書館の増加と、子どもの本に対する世の理解であったが、その後の公共図書館の充実は、こうした文庫の広がりと決して無縁ではない。この一冊の新書がその大きな原動力となったのである。

子どもと文学
中央公論社　1960年　共著

世界の児童文学のなかで、日本の児童文学は、まったく独特、異質なものです。世界的な児童文学の規準——子どもの文学はおもしろく、はっきりわかりやすくということは、ここでは通用しません。

児童文学論
岩波書店　1964年　共訳

子どものための文学の質的な基準とは何かを、純粋に、具体的に、全力をかたむけて説きあかしている、もっとも本質的な概論であるといえましょう。

児童文学の旅
岩波書店　1981年

私をとりまいていたのは、私がそれまで、どこかで出あいたいと思っていた、あたたかい子どものための本の仕事場であった。

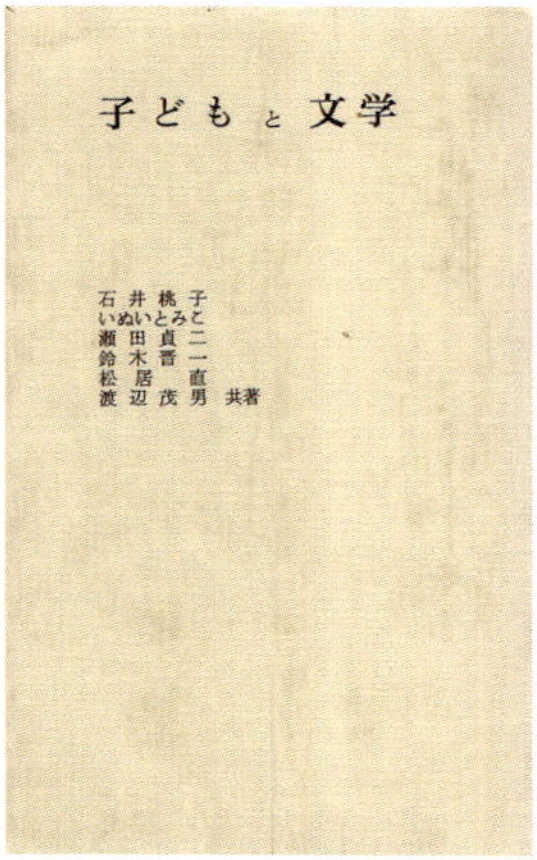

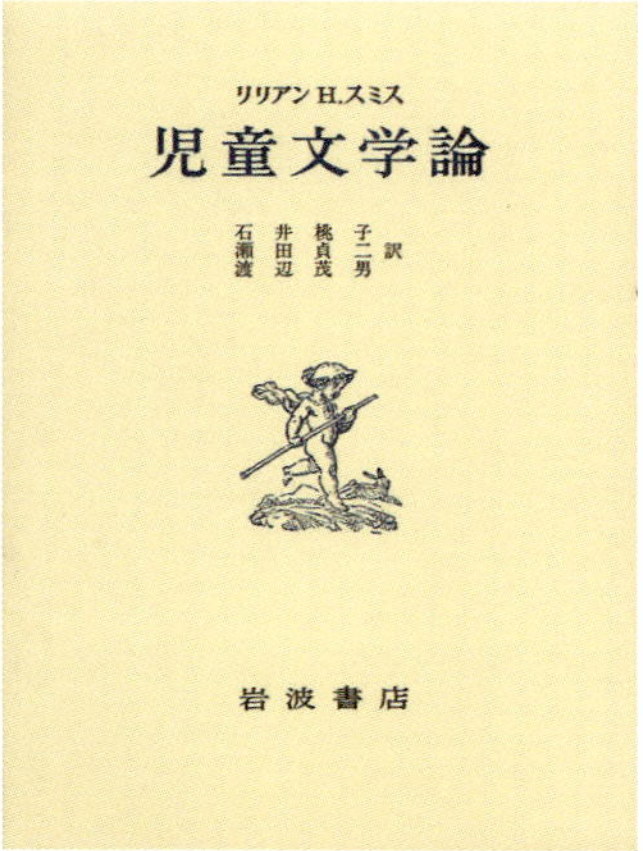

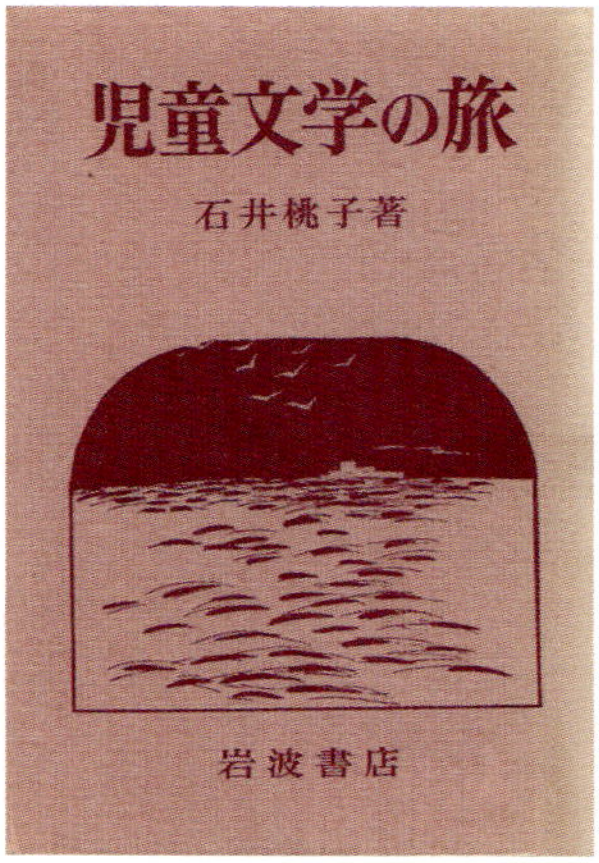

上に掲げた三冊は、いずれも大人に向けた、児童文学に関する著作である。

『子どもと文学』は、留学後の石井がいぬいとみこ、鈴木晋一、瀬田貞二、松居直、渡辺茂男らと集まり、「ISUMI会」と名づけて、月に一度子どもの本について語り合い、その内容をまとめた一冊である。まだ日本の児童文学界が戦前の童心主義にとらわれ、本当に子どもの心を楽しませ、豊かに育む本が出ていなかった時代、当時の大家に対する厳しい意見も交え、独自の児童文学論を展開している。今ある日本の児童文学の黎明期を支えた人々の、熱のこもった本である。

『児童文学論』は、カナダの児童図書館の草分けであるリリアン・スミスが説いた文学論の翻訳書である。石井は留学の際にスミスを訪ね、その後も師として敬愛し、同書を瀬田、渡辺とともに翻訳した。原題は『THE UNRELUCTANT YEARS』、「心のびやかな時代」という。

『児童文学の旅』はエッセイ集である。アメリカ、カナダ、イギリスなど、海外の児童図書館や、作家の足跡を追って旅をした折りに、出会った人々との交流を軸に、石井の心の動きが素直に語られ、当時の貴重な資料としても、また文学紀行としても楽しめる好著である。

幼ものがたり

石井桃子作　吉井爽子画　福音館書店　1981年

石井が七十歳を過ぎてのち、生まれ故郷である埼玉県浦和での子ども時代の思い出を綴った物語である。

明治から大正にかけて、幼児の頃から小学校に上がるまでの、およそ六年間の追憶だが、そのなかで幼い石井は、家族ひとりひとりの言葉やふるまい、日常生活での小さな出来事、家の中の細々としたようす、刺激的な外の世界を、一心に見たり聞いたり感じたりしている。また、移り変わる自然にも目をとめ、息をひそめて、その不思議さ美しさを自分のなかにため込んでいる。そして大人になった石井は、長い年月を経て自分の内に残ったそれらのことごとを、子どもだった自分の目を通して、今の言葉で正確に語っている。

こうして蓄えられた豊かな体験と、優れた記憶力、鋭い観察力、そしてみごとな表現力が、児童文学の翻訳家、作家としての石井の土台となったのだろう。

子ども時代の体験がなによりも重要である、と繰り返し説く石井のことばに深く納得できる、数ある石井の著作のなかでも代表作との誉れ高い作品である。

この二十数年のあいだに、物心ついて以来、何となく六人ひとかたまりのように考えてきた「きょうだい」というものが、一人二人と欠けていって、数年まえに生き残りは、私独りになった。両親を失ったとき、独り者の私は、自分が根なし草になって空《くう》にさまよいだすような気もちになったが、今度は、枝のあちこちについていた柿の実――私の生まれた家には、柿の木がたくさんあった――が、たった一つ、ぶらんとぶらさがった感じがした。

きょうだいじゅうで、ただひとりの生き残りになったとき、現世にあったときは、じいさん、ばあさんであった兄や姉はかき消えて、かれらは、私が四、五歳だったころの若者、娘――といっても、末っ子として育った幼い私には、女学校を卒業していた姉や中学生の兄は、けっこうおとなにみえたのだが――になって、私の心にもどってきた。そしてそれは、兄姉の子どもたち、つまり私の甥姪たちの知らない世界の住人で、やがて、人の親になり、世渡りをおぼえたのちの兄姉よりは、ずっと本然の兄姉であったろうという気さえしたのである。

このように、若い、または幼いきょうだいに囲まれて育ったころの、あるとき起こったできごとが、六十何年かたって、はっきり思いだせるのは、どういうわけだろうか。そのようなできごとは、幼い私にとって、ショッキングだったろうと思えることばかりではない。むしろ、ほんとうの日常茶飯事のほうが多い。それが、くり返し思いだされるのである。

たとえば、ある夏の朝、私は、二つ年上の姉と、家の前の道を町のはずれへ向けて歩いていた。（中略）おそらく、姉は、その家へ、おなじ年ごろの女の子が、まだ遊びにいかずにいるかどうか見にいったのだろう。私は、のびやかな気分で、その家の前の植木棚においてある、いくつかの盆栽の鉢をじっと眺めて立っていた。何となく、つんつるてんの短い着物を着、麦わら草履でもはいていたらしい、そのときの私自身の姿が、くり返し、絵になって、私の心にかえってくる。

どんなことが、どんな拍子に、子どもの心に深く跡を残すかということは、私には見当もつかない。しかし、その条件については、たいへん興味をそそられる。そして、もうひとつおもしろく思われるのは、いま書いたようなことが、私自身が内がわから外界を見たようでなく、まるでもう一人の私が、自分を外がわから見ていたように、あたりの情景もろとも、心に描けることである。

幻の朱い実

石井桃子作　岩波書店　1994年

「あの人のことを知る人がだれもいなくなってしまうから」と、石井自身がインタビューに答えているように、若い頃に結核で死に別れた親友と、自らとの心のつながりを描いた、晩年の長編小説である。

石井にとって、親友（作中では蕗子）との濃密な時間の記憶はいつも心の底にあって自らを支えていたため、そのかけがえのない体験を書き残さずにはいられなかったのだろう。

自身を投影した作中の明子は結婚しており、細部の設定は実際の状況とは大きく異なるが、死へ向かう蕗子と、なすすべのない明子との間で交わされる手紙の描写などは、「筆跡は今でも生々しくて、私に書く衝動を与えてくれた」というだけあって、ふたりの魂の交歓が今そこにあるように迫ってきて、胸がつまる。そして、親友の死にあい、無常観をまといながらも、現実を生き抜いてゆく強い明子に、石井自身の姿を見る。

八年の歳月をかけ、書き上げた当初は四百字詰め原稿用紙二〇〇〇枚あったという大作は、一六〇〇枚に推敲され、翌年読売文学賞を受賞。児童文学で慣れ親しんだ石井桃子の世界とは大きく異なるこの渾身の一作は、八十六歳の石井桃子が見せた、新たな一面といえよう。

何十年たっても、早世した友を見送った時の、奈落の底に突き落とされたような痛みは、忘れられるものではありません。同時に、その後の人生は彼女の魂と共にいるような、安らかな感じも常にありました。これは不思議なことですが。若い時、あそこまで人を理解し愛し得た、その記憶が相手を亡くしてからの自分を生かしていくことにつながったように思うのです。

生老病死の旅路　人の死で何かを得てきた
『東京読売新聞』1994

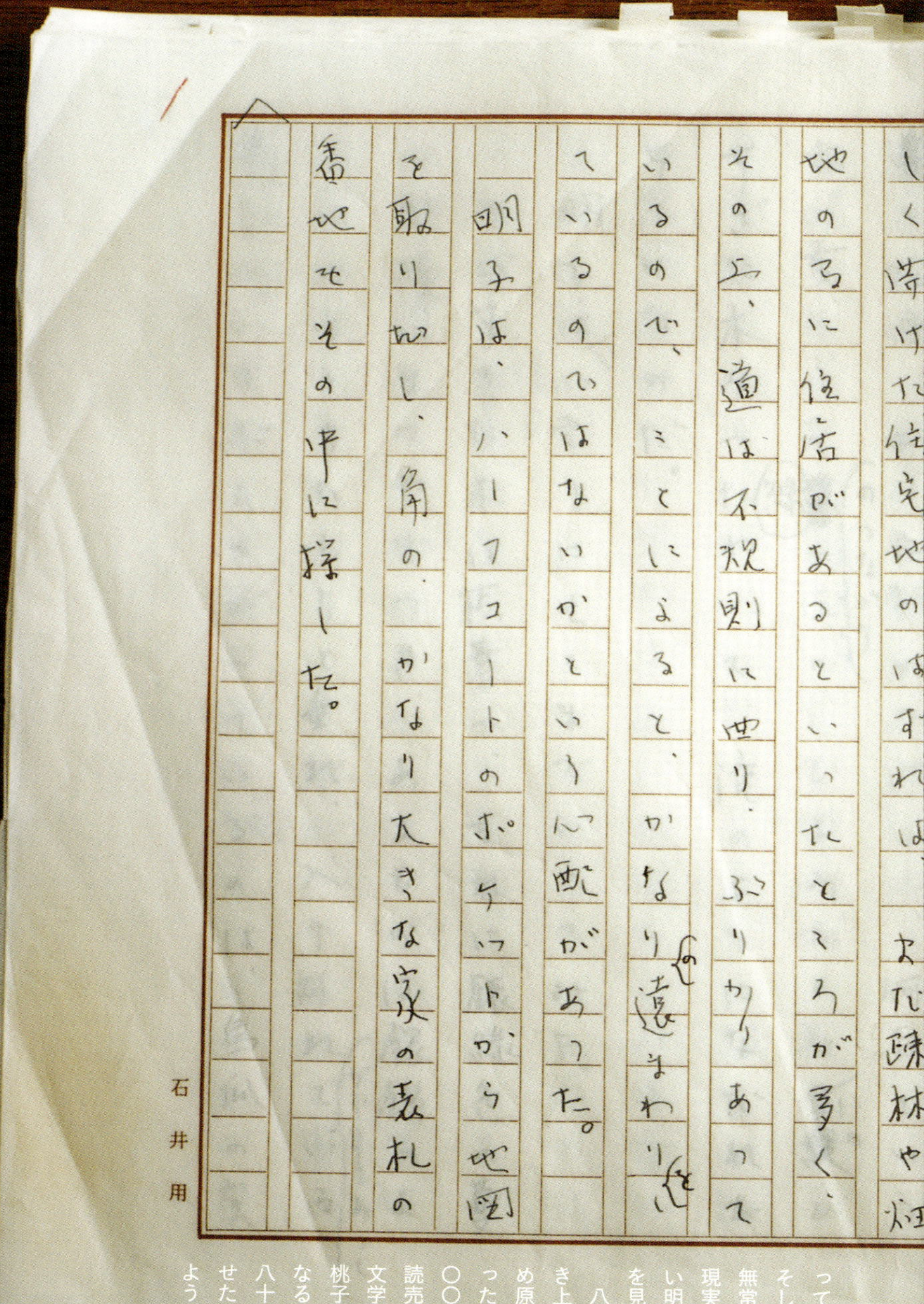

書斎に遺されていた原稿の冒頭部分。推敲に三年ほどかけたが、のちに、枚数調整で後半部を大幅に削ったことを悔やむ発言をしていた

石井桃子 全著作リスト

◎本リストは東京子ども図書館の石井桃子著作リスト（画像）及び世田谷文学館刊行の『石井桃子展』図録掲載の著作一覧をもとに新たに作成しています

◎翻訳は代表作を冒頭に出し、その後年代を追って作者別に並んでいます。創作は作品ごとの年代順、評論・研究は年代順に並んでいます

◎児童文学全集や辞典の解説などは省きました

翻訳

アラン・アレクサンダー・ミルン

『熊のプーさん』アーネスト・ハワード・シェパード絵（記名の本以外以下同）岩波書店 1940 石井の最初の翻訳本にして代表作

『プー横丁にたった家』岩波書店 1942 石井とプーさんの出会いの書。前作に次ぎ、戦時中の用紙統制下で刊行された

『熊のプーさん』英宝社 1950 戦後いち早く翻訳権を獲得し刊行された英宝社版。その後再び岩波書店から刊行される

『プー横丁』英宝社 1950 タイトルが短い英宝社版。石井はあとがきで「私のだいすきな本を、あなたがたにささげます」と書いた

『熊のプーさん』（世界名作童話紙芝居全集10）西原ひろし絵 教育画劇 1953 『プー』は紙芝居にもなった。黒くまのプーが新鮮

『クマのプーさん』（岩波少年文庫）岩波書店 1956 戦後岩波からは岩波少年文庫の一冊として復刊。このときからクマとカタカナに

『プー横丁にたった家』（岩波少年文庫）岩波書店 1958 少年文庫に入った『プー』と『横丁』は50年以上経った今も刊行され続けている

『くまのぷーさん』（観察絵本 キンダーブック）武井武雄絵 フレーベル館 1959 「プーあなにつまる」を描いた絵本。こちらも黒くまのプーが活躍

『クマのプーさん／プー横丁にたった家』（岩波の愛蔵版）（以下すべて岩波書店）1962 2冊分のお話が入った、函入りハードカバー版

『絵本 クマのプーさん』（大型絵本）1968 「プー横丁にイーヨーの家がたつ話」など3話のみ収録の絵本。E.H.シェパードの絵がカラーでも楽しめる

『クマのプーさんと魔法の森』クリストファー・ミルン著 1977 父ミルンの書いた『プー』の物語の主人公として有名になりすぎた息子の自伝

『クマのプーさん えほん 第1集』1982『プーのはちみつとり』『プーのゾゾがり』他5冊組。プーのお話が1冊ずつの絵本になって登場

『クマのプーさん えほん 第2集』1982『コブタと大こうずい』『トラーのあさごはん』他5冊組。分冊でも購入可能

『クマのプーさん えほん 第3集』1983『ウサギまいごになる』『コブタのおてがら』他5冊組。「岩波の子どもの本」と同じ判型

『クマのプーさん全集―おはなしと詩―』小田島雄志、小田島若子共訳 1997 『プー』『横丁』にミルンの詩集2冊を加えた、価値ある保存版

リストこぼればなし1……編集者であり翻訳家であり作家であった石井桃子。しかし翻訳本や著書は残っても編集した本の確たる記録は残っていない。編集者とは常にあくまでも黒子の存在なのであった

『うさこちゃんひこうきにのる』1982 うさこちゃんのおじさんは飛行士。「『おじさん もう ここ たかいんでしょ?』」

『ぴーんちゃんとふぃーんちゃん』1968 ふたごの女の子の物語。「きょうは ぴーんちゃんの たんじょうび。だから、ふぃーんちゃんも たんじょうび」

『ゆきのひのうさこちゃん』1964 雪の日を楽しむうさこちゃん。小鳥も助けます。「まず さかのうえから そりすべり。ああ ああ すてき おもしろい」

『ミルン自伝 今からでは遅すぎる』2003 90歳を過ぎた石井が英国人に個人教授を頼み、一語一語確認しつつ翻訳した大著

ビアトリクス・ポター

『ピーターラビットのおはなし』(ピーターラビットの絵本1)(以下すべて福音館書店) 1971 繊細な絵に研ぎ澄まされた翻訳が際だつ、美しい絵本

『ようちえん』1968 オランダの幼稚園の一日。「あかくて あおくて きいろくて、とても きれいな ようちえん」

『ふしぎなたまご』1964 以降8冊は、うさこちゃんが登場しないブルーナ作品。たまごから出てきたのは……。「みしり たまごが なりました」

『クマのプーさん』(特装版) 2006 刊行80年を記念して作られた愛蔵版。絵もカラーで楽しめる。『プー』は1993年『岩波世界児童文学集2』にも収録

『ベンジャミンバニーのおはなし』(ピーターラビットの絵本2) 1971 ポターが飼っていたうさぎがモデル。ピーターのいとこ役で登場。シリーズの順は原書とは異なる

『じのないえほん』1968 文字のまったくないストーリー絵本。やさしい男の子がちいさなお友だちと暮らします

『きいろいことり』1964 きいろいことりが牧場へ。「まっくろくろの ちいさい いぬが かごのなかに ねていたのです」

『プー横丁にたった家』(特装版) 2008 上記『プー』と揃いの、美しい装丁の愛蔵版

『フロプシーのこどもたち』(ピーターラビットの絵本3) 1971 ピーターの妹と結婚したベンジャミンの一家がマグレガーさんの庭で繰り広げる冒険話

『うさこちゃんのたんじょうび』1982 80年代に出版された作品は4冊を翻訳。うさこちゃんの顔にも変化が。2010年改版、新書体ウサコズフォント使用

『さーかす』1964 楽しいサーカスがやってきた。「でも おやまたなにか やってくる」「ばんざい こんどは どうけしだ」

ディック・ブルーナ

『ちいさなうさこちゃん』(以下すべて福音館書店) 1964 石井のことばのセンスが光る名訳。特に初期の4冊はすばらしい

『こねこのトムのおはなし』(ピーターラビットの絵本4) 1971 石井の飼い猫トムと同名の猫が主人公。ポターがヒル・トップ農場を購入して1年ほどの作品

『うさこちゃんとゆうえんち』1982 うさこちゃん一家は遊園地へ。「ぶらんこは こしかけても のれますが たってのるほうが うさこちゃんは すき」

『ちいさなさかな』1964 さかなと女の子をつないだ出来事とは。「ぱんのかけらは ないかしら さがしておよいで おりました」

『うさこちゃんとうみ』1964 お父さんのふわふわさんと海へ。「『きょうは さきゅうや かいのある おおきな うみに いくんだよ。いきたいひと だあれ?』」

『モペットちゃんのおはなし』(ピーターラビットの絵本5) 1971 トムの妹のモペットが主人公

『うさこちゃんのにゅういん』1982 のどが痛くなったうさこちゃん。「うさこちゃんは じぶんのねまきを かばんにいれて いきました」

『こねこのねる』1968 インデアンになりたいこねこのお話。「なまえは ねるといいました」「なみだが ぽとぽとおちてます」

『うさこちゃんとどうぶつえん』1964 お父さんと今度は動物園へ。「『あらまああれは なんでしょう。からだに しまがある。あのうまが しまうま?』」

リストこぼればなし2……『くまのプーさん』は1940年に翻訳出版されてから40年ほどは文庫版と愛蔵版、絵本が出る程度だったが、80年代以降さまざまな形で出版される。これもディズニーの影響か

『はたらきもののじょせつしゃけいてぃー』福音館書店 1962 バートンには乗り物が主人公の絵本も多い。けいてぃーが活躍するシンプルな内容。1978年新版刊行

『カルアシ・チミーのおはなし』（ピーターラビットの絵本18） 1983 アメリカの読者に向けて、アメリカからイギリスに渡ったというハイイロリスを主人公にしたお話

『「ジンジャーとピクルズや」のおはなし』（ピーターラビットの絵本12） 1973 『わるいねずみ』の人形の家のお人形やピーターなど、これまでの登場人物が集うお話

『こわいわるいうさぎのおはなし』（ピーターラビットの絵本6） 1971 ポターがふたりめの編集担当だったハロルドの娘ルーイに向けて書いたお話

『せいめいのれきし』（大型絵本）岩波書店 1964 壮大なテーマを絵本にしたバートンの日本語版への要望は「訳文は原書とまったく同じスペースに入れること」だった

『パイがふたつあったおはなし』（ピーターラビットの絵本19） 1983 ポター自身が『グロースター』の次に好きになるだろうと語っていた、ニア・ソーリーが舞台のお話

『キツネどんのおはなし』（ピーターラビットの絵本13） 1974 シリーズでは珍しく、色づけされた絵の少ない作品。ポターはこの頃忙しかったとされる

『2ひきのわるいねずみのおはなし』（ピーターラビットの絵本7） 1972 ポターの編集担当だったノーマンが姪に作った人形の家がモデルとなった

『マイク・マリガンとスチーム・ショベル』福音館書店 1978 スチーム・ショベルのメアリ・アンと持ち主マイクの奮闘を描く。1995年には童話館から復刊

『ピーターラビットの絵本―ミニチュアコレクション』 1992 愛らしい保存版小型絵本

『ひげのサムエルのおはなし』（ピーターラビットの絵本14） 1974 「ねこまきだんご」がおかしい、こねこのトム兄妹と、ねずみのサムエル夫婦が引き起こす大騒動

『のねずみチュウチュウおくさんのおはなし』（ピーターラビットの絵本8） 1972 クモ、ハチ、チョウなどの虫の絵もすばらしい作品

『ちいさいケーブルカーのメーベル』桂宥子共訳 ペンギン社 1980 坂の町サンフランシスコで起こったケーブルカー存続運動をもとに作られた絵本

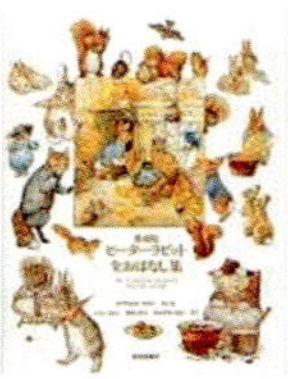

『愛蔵版 ピーターラビット全おはなし集』まさきるりこ、なかがわりえこ共訳 1994 シリーズの残り4作を含む、ポター作品がすべて収録された保存版

『グロースターの仕たて屋』（ピーターラビットの絵本15） 1974 ポター本人もお気に入りだった初期作。「あな糸がたりぬ」のことばが印象的な佳品

『まちねずみジョニーのおはなし』（ピーターラビットの絵本9） 1972 湖水地方のホークスヘッドの町が舞台。ポターは目が悪くなり、絵に少し変化がある

エリナー・ファージョン

『ムギと王さま』（岩波少年文庫）岩波書店 1959 石井はファージョンの美しい幻想物語を愛していた。初めての翻訳は少年文庫から出版。11編収録

バージニア・リー・バートン

『ちいさいおうち』（岩波の子どもの本）岩波書店 1954 丘の上でにっこり笑う幸せそうなおうちのたどる運命とは。当初文章は縦組みだった

『ティギーおばさんのおはなし』（ピーターラビットの絵本16） 1983 スコットランド人の洗濯のおばさんがモデルとされるハリネズミのお話

『りすのナトキンのおはなし』（ピーターラビットの絵本10） 1973 いたずらなりすのナトキンがふくろうのじいさまにお灸をすえられるお話

『ムギと王さま』（岩波少年少女文学全集9）岩波書店 1961 児童文学全集が盛んに出版された頃は、その一冊に収録した。1993年『岩波世界児童文学集10』にも収録

『ちいさいおうち』（大型絵本）岩波書店 1965 文章が横組みの大型版を刊行。1981年には岩波の子どもの本も横組みに改版

『ジェレミー・フィッシャーどんのおはなし』（ピーターラビットの絵本17） 1983 最初の編集担当であり婚約者だったノーマンの死後、仕上げたかえるのお話

『あひるのジマイマのおはなし』（ピーターラビットの絵本11） 1973 ジマイマもヒル・トップ農場にいた。石井はこのお話も好きだと話していた

リストこぼればなし3……石井桃子は戦後まもなくから1960年代まで、各社の児童文学全集の編集、翻訳に奔走している。世界、昭和、新日本、少年少女。本人は作品は単行本で出版すべきだと苦言を呈している

『氷の花たば』（岩波少年文庫）フィリップ・ヘップワース絵　中川李枝子共訳　岩波書店　1996　雪の夜に会った白マントの男とは──表題作他『西風』の続編6編

『チム・ラビットのおともだち』中川宗弥画　童心社　1967　子うさぎチムが自然を縦横に冒険し、成長するようすが描かれた、詩情溢れるお話集

『リンゴ畑のマーティン・ピピン』（ファージョン作品集4）リチャード・ケネディ絵　岩波書店　1972　ファージョン最初の作品集。2001年岩波少年文庫に収録

『ムギと王さま』（岩波少年文庫）E.アーディゾーニ絵　岩波書店　2001　『天国を出ていく』と二分冊にして原書通り27編収録。1971年刊行の「ファージョン作品集3」の文庫化

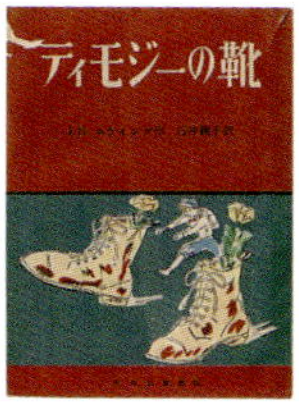

ジュリアナ・H・ユーイング
『ティモジーの靴』（ともだち文庫27）櫻井悦絵　中央公論社　1948　『プー』に次ぐ石井の翻訳本。『少年少女世界文学全集8』（講談社　1961）にも所収

『こぎつねルーファスのぼうけん』（岩波ようねんぶんこ）キャサリン・ウィグルズワース絵　岩波書店　1979　アナグマ一家と暮らす子ぎつねの毎日。1991年新装版刊行

『ヒナギク野のマーティン・ピピン』（ファージョン作品集5）イズベル&ジョン・モートン＝セイル絵　岩波書店　1974　マーティン・ピピンが語るお話集

『天国を出ていく』（岩波少年文庫）E.アーディゾーニ絵　岩波書店　2001　「著者がすきだったといわれる最後の1編『パニュキス』」収録

ケネス・グレアム
『たのしい川邊』中野好夫訳　白林少年館　1940　石井が若い頃から形を変えて世に出し続けた物語（編集者として出版した本を参考のため掲載）

『こぎつねルーファスとシンデレラ』（岩波ようねんぶんこ）キャサリン・ウィグルズワース絵　岩波書店　1981　一角獣が登場するファンタジックな続編。1992年新装版刊行

『銀のシギ』（ファージョン作品集6）E.H.シェパード絵　岩波書店　1975　イギリスの昔話『黒い小人（ティム・ティット・トット）』に着想を得た物語

『ガラスのくつ』（国際アンデルセン大賞名作全集2）講談社　1968　ファージョンが描く、快活な少女の愉快なシンデレラ物語

『ヒキガエルの冒険』E.H.シェパード画　英宝社　1950　戦後すぐに出版。『世界少年少女文学全集 第2部第2巻』（東京創元社　1956）にも所収（写真）

『グレイ・ラビットのおはなし』（岩波少年文庫）フェイス・ジェイクス絵　中川李枝子共訳　岩波書店　1995　アトリー初期作品。「子どもの文学の創り方のお手本の一つ」と語る

『ガラスのくつ』（ファージョン作品集7）E.H.シェパード絵　岩波書店　1986　講談社版を「ファージョン作品集7」として岩波書店から復刊

『年とったばあやのお話かご』（ファージョン作品集1）E.アーディゾーニ絵　岩波書店　1970　子ども部屋で4人のきょうだいにしてくれる、ばあやのお話

『たのしい川べ──ヒキガエルの冒険』E.H.シェパード絵　岩波書店　1963　岩波で単行本に。71年愛蔵版、94年『世界児童文学集4』、2002年少年文庫に入った

『絵本グレイ・ラビットのおはなし』（大型絵本）マーガレット・テンペスト絵　中川李枝子共訳　岩波書店　1995　原書と同じ挿絵画家の作品を使用

『エルシー・ピドック、ゆめでなわとびをする』シャーロット・ヴォーク絵　岩波書店　2004　『ヒナギク』に登場する名作を絵本化。最後から二番目の翻訳作品だった

『イタリアののぞきめがね』（ファージョン作品集2）E.アーディゾーニ絵　岩波書店　1970　のぞきめがねでのぞいた、遠い異国の不思議なお話

『おひとよしのりゅう』寺島竜一画　学習研究社　1966　詩を書くのんきなりゅうを巡る大騒動。もうひとつのグレアム作品。1956年には『世界童話宝玉集（上）』に所収

『西風のくれた鍵』（岩波少年文庫）アイリーン・ホーキンズ絵　中川李枝子共訳　岩波書店　1996　古い木だけが覚えていること──表題作他自然が舞台の物語6編

アリソン・アトリー
『チム・ラビットのぼうけん』中川宗弥画　童心社　1967　アトリーは石井の長年の愛読書。自然のなかで育ち、物理教師もした生涯にも共感していた

『ムギと王さま』（ファージョン作品集3）E.アーディゾーニ絵　岩波書店　1971　このとき初めて原書通り27編収録。「責任をはたし得た」と、あとがきに書いた

リストこぼればなし4……石井の翻訳本は150冊以上と数多いが、ジャンルは狭く、作家数は決して多くない。好きな作品を選んで訳し、改版や版元を変更しても同じ作品を出し続けることが多かった

サムイル・マルシャーク
『どうぶつのこどもたち』（岩波の子どもの本）チャルーシン、レーベデフ絵　岩波書店　1954　動物の生態を幼い子にもわかるように描いた絵本

『とぶ船』ノーラ・ラヴリン絵　岩波書店　1966　文庫版では省いた箇所を入れて改訳し、ハードカバー版に。あとがきに「うれしく思っている」とある

『サリーのこけももつみ』（岩波の子どもの本）　岩波書店　1976　こけももつみに出かけたサリーが出会ったのは？　現在は1986年改版の大型絵本が定番

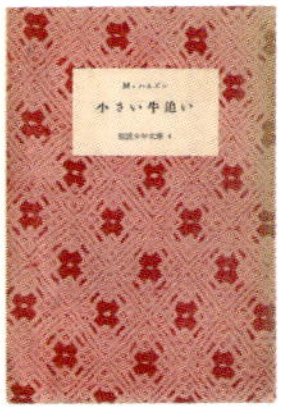

マリー・ハムズン
『小さい牛追い』（岩波少年文庫）エルザ・ジェム絵　岩波書店　1950　宮城県鶯沢での農業経験から石井が共感をもって訳した愛読書

エリノア・エスティーズ
『百まいのきもの』（岩波の子どもの本）ルイス・スロボドキン絵　岩波書店　1954　やわらかな絵と文で子どものいじめと心理を描いた異色作

コロマ神父
『ねずみとおうさま』（岩波の子どもの本）土方重巳絵　岩波書店　1953　シリーズ初期の絵本は、編集者光吉夏弥の蔵書から選ばれたものも多い

『海べのあさ』（大型絵本）　岩波書店　1978　『サリー』同様、メイン州の無人島に家族で暮らした作者が娘を主人公にした名作

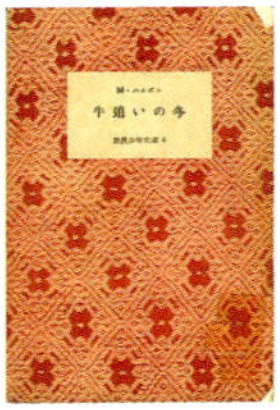

『牛追いの冬』（岩波少年文庫）エルザ・ジェム絵　岩波書店　1951　『小さい牛追い』の続編。ノルウェイの農場の子どもたちが主人公の、心温まる物語

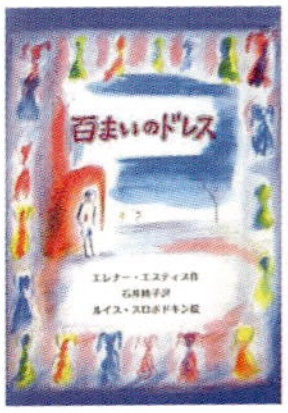

『百まいのドレス』ルイス・スロボドキン絵　岩波書店　2006　『きもの』を改題、改訳し、現代の子どもに読んでほしいと願った生前最後の作

マージェリー・W・ビアンコ
『スザンナのお人形／ビロードうさぎ』（岩波の子どもの本）高野三三男絵　岩波書店　1953　お人形やぬいぐるみを愛する幼年向けに抄訳された

マーク・トウェイン
『トム・ソーヤーの冒険』T.W.ウィリアムズ絵（岩波少年文庫）　岩波書店　1952　トム・ソーヤーの冒険談も石井桃子訳で。のちに上下巻に分冊

『小さい牛追い』中谷千代子絵　岩波書店　1969　「岩波ものがたりの本」シリーズからハードカバー版として刊行

ハンス・フィッシャー
『こねこのぴっち』（岩波の子どもの本）岩波書店　1954　ねこ以外になりたいぴっちが冒険の末に思ったこととは。87年大型絵本も刊行。文章は横組みに

『ビロードうさぎ』ウィリアム・ニコルソン絵　童話館出版　2002　50年前の上記作品を完訳、単行本で再出版。画家も原書通りに

メアリー・メイプス・ドッジ
『ハンス・ブリンカー』ヒルダ・ファン・ストックム絵（岩波少年文庫）岩波書店　1952　スケートが盛んなオランダを舞台にした少年たちの物語

『牛追いの冬』中谷千代子絵　岩波書店　1969　同シリーズの続編。現在は少年文庫でのみ刊行されている

レオ・ポリティ／ノーラン・クラーク
『ツバメの歌／ロバの旅』（岩波の子どもの本）ポリティ絵　岩波書店　1954　ふたりの著者による、動物と人の関わりを描いたお話2編

アイネス・ホーガン
『まいごのふたご』（岩波の子どもの本）野口弥太郎絵　岩波書店　1954　かんがるーのふたごとぞうのふたご。動物のふたごが主人公のお話

『銀のスケート』ヒルダ・ファン・ストックム絵（岩波少年文庫）　岩波書店　1988　主人公ハンスの名前だった書名を改題。アメリカでは児童文学の古典として有名な書

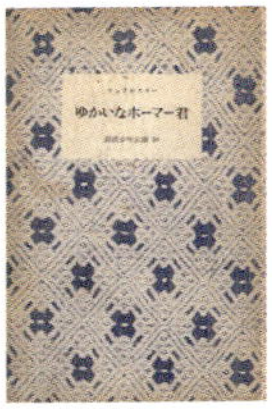

ロバート・マックロスキー
『ゆかいなホーマー君』（岩波少年文庫）　岩波書店　1951　子どもが活躍する愉快なお話も石井は好んだ

イーヴ・ガーネット
『ふくろ小路一番地』（岩波少年文庫）　岩波書店　1957　下町住まいの子どもたちが起こす大騒動。大家族で育った石井はこうした明るい家族物語も好んだ

マリー・ホール・エッツ
『海のおばけオーリー』（岩波の子どもの本）　岩波書店　1954　コマ割りの漫画形式に描かれたアザラシの子オーリーの物語。1974年大型絵本に改版

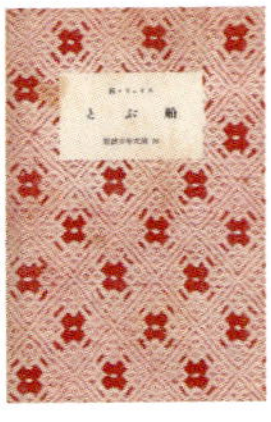

ヒルダ・ルイス
『とぶ船』（岩波少年文庫）ノーラ・ラヴリン絵　岩波書店　1953　岩波少年文庫創刊期の一冊で、石井の好きな本のひとつ。のちに上下巻に分冊

『ゆかいなホーマーくん』（岩波おはなしの本）　岩波書店　1965　マックロスキーの絵が存分に楽しめる単行本。現在、少年文庫の表紙も同じ絵

リストこぼればなし5……苦心した『うさこちゃん』シリーズの翻訳は、途中から松岡享子さんに「あなた、やって」とバトンタッチ。他にも『くまさん』シリーズなど、途中から選手交代する例もあった

『くまのブウル』大村百合子共訳　福音館書店　1965　くまの子ブウルの成長記。動物の生態を正確に、かつ詩的に表現したシリーズ。2004年復刊

ジュリエット・キープス

『ゆかいなかえる』福音館書店　1964　かえる兄弟の一年を描く。石井はかえる好き？　創作でもかえるの物語が数編ある

『砂の妖精』（角川文庫）角川書店　1963　角川書店で文庫化。ネズビットのえらいところは「生き生きした、自然な子どもたちをうみだした点」だとあとがきに綴った

ジェイムス・マシュー・バリー

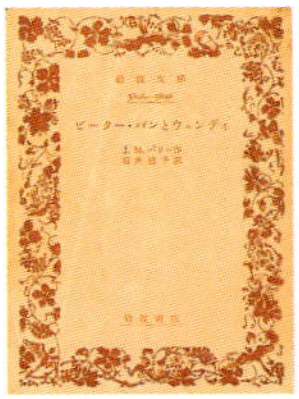

『ピーター・パンとウェンディ』（岩波文庫）岩波書店　1957　永遠の少年ピーター・パン、石井訳の初版は大人向けの岩波文庫から

『かわせみのマルタン』大村百合子共訳　福音館書店　1965　マルタンを見つめる「わたし」が語るかわせみの一生。2003年復刊

アーシュラ・モレイ・ウィリアムズ

『木馬のぼうけん旅行』中川宗弥画　子どもの本研究会編　福音館書店　1964　瀬田貞二らと始めた研究会から生まれた作品

『砂の妖精』（福音館古典童話シリーズ）ハロルド・R・ミラー画　福音館書店　1991　ハードカバー版で刊行。2002年文庫版も刊行

『ピーター・パンとウェンディ』（古典童話シリーズ）F.D.ベッドフォード画　福音館書店　1972　子どもに向けた、ハードカバー版で復刊された

『りすのパナシ』和田祐一共訳　福音館書店　1977　以下3冊は「カストールおじさんの動物物語」シリーズとして改版。縦組みの読み物形式に

『木馬のぼうけん旅行』（福音館文庫）ペギー・フォートナム画　福音館書店　2003　おもちゃの木馬が作り手のおじさんのために奮闘するファンタジー。文庫化されて復刊

ワンダ・ガアグ

『ひゃくまんびきのねこ』（雨の日文庫第5集9）箕田源二郎絵　麦書房　1959　家庭文庫研究会版に先立ち出版された。1966年「新編雨の日文庫20」に収録

『ピーター・パンとウェンディ』（福音館文庫）F.D.ベッドフォード画　福音館書店　2003　石井訳は現在、福音館文庫でも読める

『のうさぎのフルー』大村百合子共訳　福音館書店　1977「カストールおじさん」とはリダ・フォシェの夫ペール・カストール。同シリーズは夫妻の共同作業であった

リダ・フォシェ

『のうさぎのフルー』フェードル・ロジャンコフスキー絵（以下同）大村百合子共訳　福音館書店　1964　自然界を生き延びるのうさぎの物語。2002年復刊（童話館出版）

『100まんびきのねこ』家庭文庫研究会編　福音館書店　1961　かわいいねこを探すおじいさんは……。家庭文庫で人気のお話を福音館が出版。試みの一冊

エラリイ・クィーン

『白い象の秘密』（ジュニア・ミステリ4）伊藤悌三装丁　早川書房　1958「私がはじめて訳したミステリ・ストーリーです」

『かわせみのマルタン』大村百合子共訳　福音館書店　1977　同シリーズに収録されたのは5作のうち3作のみだった

『りすのパナシ』和田祐一共訳　福音館書店　1964　りすの子パナシー家のお話。シリーズを通して自然を描く挿絵がすばらしい。2003年復刊（童話館出版。以下同）

クレール・H・ビショップ

『シナの五にんきょうだい』クルト・ビーゼ絵　家庭文庫研究会編　福音館書店　1961『100まんびき』とともに家庭文庫活動から生まれた本

『白い象の秘密』（ハヤカワ文庫Jr6）糸久昇絵　早川書房　1978　文庫化も。「何か小さなことでも、おや、と思った時、それにじっと目をとめてみる」ことが大切だと書いた

エリザベス・グージ

『まぼろしの白馬』（国際児童文学賞全集1）富山妙子絵　あかね書房　1964　カーネギー賞受賞のイギリスの幻想物語

『かものプルッフ』大村百合子共訳　福音館書店　1964　渡りに臨むかもの一年。画家はコールデコット賞受賞作家。復刊の際は大型絵本になり、石井単独訳に。2005年復刊

マーガレット・ワイズ・ブラウン

『おやすみなさいのほん』ジャン・シャロー絵　福音館書店　1962「ねむたいことりたち。ねむたいさかなたち。」と優しい訳が続く、長年読み継がれた名作

イーディス・ネズビット

『砂の妖精』（世界児童文学全集21）深沢紅子絵　あかね書房　1959　砂の中に棲む妖精サミアドに出会った子どもたちの冒険物語

リストこぼればなし6……石井の翻訳で特徴的なのは、神話や昔話が多い点。ギリシャ神話やグリム童話の他、インド、ロシアなど、各国で長年伝わる昔話のおもしろさを伝えたかったのだろう

マーガレット・マーヒー

『魔法使いのチョコレート・ケーキ』シャーリー・ヒューズ絵　福音館書店 1984 幻想的な8編の童話と2編の詩を収録。2004年文庫版刊行

『くんちゃんのだいりょこう』（岩波の子どもの本）岩波書店 1977 くまの親と子の愛に満ちた作品。くんちゃんシリーズの1作目。1986年には大型絵本に

パット・ハッチンス

『ティッチ』福音館書店 1975 末っ子ティッチの持っていたお宝は? 末っ子だった石井の翻訳

『まぼろしの白馬』（岩波少年文庫）ウォルター・ホッジズ絵　岩波書店 1997 1990年に福武書店から復刊するが絶版に。その後岩波少年文庫から復刊

ヘレン・ディーン・フィッシュ

『根っこのこどもたち目をさます』ジビレ・フォン・オルファース絵　童話館出版 2003 春を待つ根っこのこどもと土のお母さん。96歳時の翻訳

アン・ホープ

『まどそうじやのぞうのウンフ』エリザベス・ハモンド絵　福音館書店 1979 働くぞうの一日を描く

『ぶかぶかティッチ』福音館書店 1984『ティッチ』の続編。おさがりばかりだった末っ子ティッチにも変化が。アメリカの絵本

トルード・アルベルチ

『みんなのこもりうた』中谷千代子絵　福音館書店 1966 動物のこどもたちが眠るようすが描かれた安らかな絵本。2007年に数量限定復刊

神話・昔話

『ギリシア神話』（世界児童文学全集1）石井桃子編　富山妙子絵　あかね書房 1958 1967年改版（写真）、2000年のら書店より復刊

フィービ&セルビ ウォージントン

『せきたんやのくまさん』福音館書店 1979「どかん、どかん、どかん」とくまさんの働く音が小気味よい絵本

ルース・エインズワース

『こすずめのぼうけん』（こどものとも241号）堀内誠一絵　福音館書店 1976 石井が名作と絶賛した作品。1977年「こどものとも傑作集」に

アイバン・サウスオール

『燃えるアッシュ・ロード』中川宗弥画　山本まつよ共訳　子ども文庫の会 1968 子どもが不注意で起こした山火事をめぐる物語。石井の翻訳では異色作

『黒い小人』（雨の日文庫第3集13）ジョーゼフ・ジェイコブス作　池田仙三郎絵　麦書房 1958 軽快な呪文が楽しい昔話。65年「新編雨の日文庫第2集13」収録（写真）

ベティ・ローランド

『鉄橋をわたってはいけない』（岩波ようねんぶんこ）寺島竜一絵　岩波書店 1980 オーストラリアの児童文学作品

『ちいさなろば』（こどものとも285号）酒井信義絵　福音館書店 1979 さびしげなろばの目が印象的な、クリスマスのお話

エディト・ウンネルスタード

『すえっ子Oちゃん』ルイス・スロボトキン画　下村隆一共訳　学習研究社 1971 事故死した氏の遺志を石井が継いで出版。2003年復刊（フェリシモ）

『イギリス童話集』（世界児童文学全集5）富山妙子絵　あかね書房 1959「三びきのこぶた」「かたやきパン」「ジャックとマメの木」などを収録

ジャック・ガントス

『あくたれラルフ』ニコール・ルーベル絵　福音館書店 1982 セイラの飼い猫ラルフはあくたれのかぎりを尽くすが……。1994年童話館出版から復刊

ルーマー・ゴッデン

『ねずみ女房』ウィリアム・ペーヌ・デュボア画　福音館書店 1977『人形の家』で有名なゴッデンの物語。囲われた鳩を前にねずみがとった行動とは

ジョン・メイスフィールド

『夜中出あるくものたち』評論社 1973 少年ケイの冒険物語。事前に物語を構築せず、空想の赴くままに作られたような作品だと石井はあとがきで語った

『イギリス童話集』（世界児童文学全集5 新訳愛蔵版）1968 愛蔵版に入る機会に全改訳。昔話の翻訳の難しさが「いよいよ痛感され」、しばらく復刊せず

エーンジェルダ・アーディゾーニ

『まいごになったおにんぎょう』（岩波の子どもの本）エドワード・アーディゾーニ絵　岩波書店 1983 お店の冷凍庫に落とされたお人形の物語

ドロシー・マリノ

『ふわふわくんとアルフレッド』（岩波の子どもの本）岩波書店 1977『ビロードうさぎ』にも通じる、子どもとぬいぐるみの物語

『喜びの箱』評論社 1975『夜中出あるくものたち』の続編。作者のふたりの子どもにケイのその後を語った、より幻想的な物語となっている

リストこぼればなし7……石井の翻訳・著作はほぼ単行本化されたが、されなかったものもまれにある。それらは翻訳・著作の各項の最後に挙げた全集類に収録されている。『石井桃子集』に入った作品も

『ノンちゃん雲に乗る』 1951 桂ユキ子絵 光文社 絶版を惜しんだ光文社の神吉晴夫が同社から出版する直前に文部大臣賞を受賞、ベストセラーとなる

『児童世界文学全集4 小公子 アンクル・トム』 偕成社 1960 「アンクル・トム(抄訳)」ストウ作を翻訳

『おいしいおかゆ』(グリムのほん1) 石井桃子、佐々梨代子、荒井督子再話 田中久司画 子ども文庫の会 1968 「赤ずきん」など12編収録

『イギリスの昔話』 ジョン・D・バトン画 福音館書店 1981 『イギリス童話集』を改訳し復刊。第2版より『イギリスとアイルランドの昔話』に改題。2002年文庫版刊行

『ノンちゃん雲に乗る』 1956 桂ユキ子絵 光文社 同社のカッパブックスより刊行。2005年には創業60周年に、最初の装丁で復刻版を刊行

『子どもの文学—昔々の物語(西欧文化への招待9)』石井桃子責任編集 グロリアインターナショナル 1971 「ちいちゃい、ちいちゃい」他2編を翻訳

『ホレおばさん』(グリムのほん2) 石井桃子、佐々梨代子、荒井督子再話 田中久司画 子ども文庫の会 1969 「金のガチョウ」など13編収録

『三びきのこぶた』(福音館のペーパーバック絵本) ジェイコブズ作 太田大八絵 福音館書店 1973 ジェイコブズは歴史学者で民話の収集、再話にあたった

『ノンちゃん雲に乗る』中川宗弥画 福音館書店 1967 福音館から刊行。青い表紙でおなじみの装丁は、現在に至るまで続いている

『子どもの文学—新しい時代の物語(西欧文化への招待10)』石井桃子責任編集 グロリアインターナショナル 1971 「鉄橋をわたってはいけない」を翻訳

『一つ目二つ目三つ目』(グリムのほん3) 石井桃子、佐々梨代子、荒井督子再話 田中久司画 子ども文庫の会 1969「白雪ひめ」など10編収録

『カラスだんなのおよめとり』(岩波おはなしの本) チャールズ・ギラム文 丸木俊絵 岩波書店 1963 アメリカの生物学者が収集したエスキモーに伝わる民話9編

『ノンちゃん雲に乗る』(角川文庫) 中川宗弥画 角川書店 1973 角川からは文庫化して刊行

創作

全集

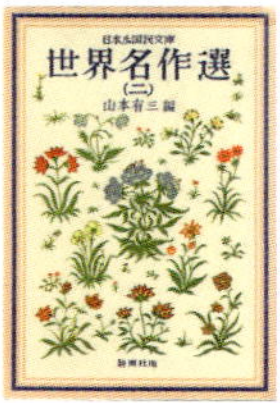

『日本少国民文庫 第15巻 世界名作選2』 新潮社 1936 「一握りの土」ヘンリ・ヴァン・ダイク作/「わが橇犬ブリン」ウィルフレッド・グレンフェル作の2編を翻訳

『トンボソのおひめさま』(岩波おはなしの本) M・バーボー、M・ホーンヤンスキー文 アーサー・プライス絵 岩波書店 1963 フランス系カナダ人が語り継いだ民話5編

『ふしぎなたいこ』(岩波の子どもの本) 清水崑絵 岩波書店 1953 石井が幼い頃聞いた昔話をもとにした。「かえるのえんそく」「にげたにおうさん」も収録

『ノンちゃん雲に乗る』桂ユキ子装釘 大地書房 1947 終戦時宮城に移住した石井は編集者藤田圭雄に原稿を預けて行く。「石炭屋さんから出版社に転向した」版元から初版刊行

『世界童話宝玉集(上)』石井桃子、山室静、関英雄、與田準一編 宝文館 1956 「わたしたちは七人」ワーズワース作/「ひとのいい竜」グレアム作の2編を翻訳

『いそっぷ いそっぷ いそっぷ』装画集団6B絵 実業之日本社 1964 イソップ寓話から「ありときりぎりす」「きたかぜとたいよう」など18編を収録

『おそばのくきはなぜあかい』(岩波の子どもの本) 初山滋絵 岩波書店 1954 表題作他「おしらのくびはなぜあかい」「うみのみずはなぜからい」の3編収録

『ノンちゃん雲に乗る』松本かつぢ装幀 桂ユキ子装画 大地書房 1949 「わら半紙のような本が出ました。この本は売れたらしいのですが」、「版元は潰れてしまいました」と語った

『世界童話宝玉集(下)』石井桃子、山室静、関英雄、與田準一編 宝文館 1957 「ハンス・ヘックルマンの運」ハワード・パイル作/「氷の上の冒険」E・フランク作の2編を翻訳

『きんいろのしか—インド・パキスタンの昔話』ジャラール・アーメド案 石井桃子再話 秋野不矩画 福音館書店 1968 金色の鹿と少年の心の交流を描く絵本

『かえるのいえさがし』(こどものとも141号) 川野雅代共作 中谷千代子絵 福音館書店 1967 冬ごもりの穴を探して歩くかえるの家族のお話

『ほしのおひめさま』(紙芝居) 小谷野半二絵 童心社 1960 石井の作品は紙芝居にもなった。1960年度文部大臣賞受賞作品

『迷子の天使』(角川文庫) 中川宗弥画 角川書店 1963 文庫版で出版

『やまのこどもたち』(岩波の子どもの本) 深沢紅子絵 岩波書店 1956 戦後宮城で農業生活を送ったときに構想を得て書いた絵本。農村の子どもの四季を描く

『ありこのおつかい』中川宗弥画 福音館書店 1968 道草をくったありのありこは、かまきりのきりおに食べられてしまい……。思いがけない結末が楽しい絵本

『ちいさなねこ』(こどものとも86号) 横内襄絵 福音館書店 1963 猫好き石井の観察眼が光る絵本。1967年「こどものとも傑作集」、2007年「こどものとも絵本」収録

『迷子の天使』脇田和画 福音館書店 1986 福音館で復刊

『山のトムさん』深沢紅子絵 光文社 1957「トムは、私がおもいがけずにつくった友だちのひとりです」。農業時代の飼い猫トムとの愉快な生活を綴った物語

『こどらちゃんの冒険』(よくみる・よくきく・よくするえほん7) 深沢紅子絵 婦人之友社 1971 紙面の上下で地色が変わる、しゃれたデザインの絵本

『三月ひなのつき』朝倉摂絵 福音館書店 1963 お雛様が欲しいよし子と、戦争で焼けてしまった自分のお雛様が忘れられないおかあさん。心打つ名作

『やまのたけちゃん』(岩波の子どもの本) 深沢紅子絵 岩波書店 1959 農村の子どもたちの暮らしを描く深沢の絵もすばらしい。『やまのこどもたち』の姉妹編

『山のトムさん』(講談社のマザー絵本) 小坂茂絵 講談社 1964 『トムさん』の絵本版

『かずちゃんのおつかい』(年少版こどものとも24号) 中谷千代子絵 福音館書店 1979 道草大好き、宝物を探して歩く子どもの姿を優しい視線で描く

『ようちゃんともぐら』(こどものとも100号) 熊谷元一絵 福音館書店 1964 ようちゃんは猫の獲ってきたもぐらを土に返します。農村の子と自然を描いた小品

『いぬとにわとり』(こどものとも55号) 山中春雄絵 福音館書店 1960 いぬとにわとりのやり合いを仲裁するおばあさん。単純でおかしなストーリー。2012年復刻版を限定出版

『山のトムさん』深沢紅子絵 福音館書店 1968 福音館から刊行。2011年には文庫に収録（新たに「パチンコ玉のテボちゃん」収録）

『いろいろないぬ』(年少版こどものとも26号) 横内襄絵 福音館書店 1979 はたらくいぬ。やくにたついぬ。経験に基づく明快なことばが冴えた動物絵本

『くいしんぼうのはなこさん』中谷千代子絵 福音館書店 1965 わがままな牛はなこさんの運命やいかに。1966年「新編雨の日文庫第1集7」(麦書房) にも収録

『いぬとにわとり』八島光子絵 福音館書店 1968 画家が変わって再版

『山のトムさん』(岩波少年文庫) 深沢紅子絵 岩波書店 1980 岩波少年文庫に入っていた時代も

『幼ものがたり』吉井爽子画 福音館書店 1981 自らの幼少期の記憶を呼び起こして書いた作品。石井は中勘助の『銀の匙』が好きだった

『いっすんぼうし』秋野不矩絵 福音館書店 1965 石井の文章は語り部のように流暢で、秋野不矩の絵とともに昔話のすばらしさを伝える

『いぬとにわとり』(年少版こどものとも12号) 堀内誠一絵 福音館書店 1978 1990年には特製版に

『迷子の天使』脇田和装丁 光文社 1959 猫好きの念海夫人が日常生活のよしなしごとにひとり奮闘する姿を描いた作品。朝日新聞に連載された長編小説

リストこぼればなし8……猫好きだった石井だが、翻訳、創作ともに、猫が主人公の本は10冊以上と群を抜いている。それに伴ってか、ねずみの本も多いのはご愛敬

リストこぼればなし9……石井には生前、構想を練り、書き始めていたものの、未完成で終わった原稿がある。足の悪い女の子とうさぎを主人公にした冒険譚で、『外套うさぎ』のタイトルを考えていた

『英米文学史講座8　十九世紀II』研究社出版　1961 石井は「児童文学」を執筆

『少女童話1年生』壺井栄、徳永寿美子、村岡花子編　金の星社　1956 石井の作品は「まり子ちゃんとおともだち」。見えないお友だちをもつ女の子のお話

『石井桃子集2』岩波書店　1998「山のトムさん」「ふしぎなたいこ」他収録

『児童文学の旅』深沢紅子装画　岩波書店　1981 海外の児童図書館に学んだ最初の留学から作家の足跡を訪ねる旅まで、児童文学を巡る石井の心の旅の記録

『児童文学論』リリアン・H・スミス著　瀬田貞二、渡辺茂男共訳　岩波書店　1964 カナダの児童図書館の草分けスミス女史の文学論。児童図書館員のバイブル

『トーウンドーこどもクラブ第5号』三芳悌吉絵　東雲堂　1957「さんちゃんとバス」収録。山のバスで学校に通う、さんちゃんの物語

『石井桃子集3』岩波書店　1998「迷子の天使」収録

『したきりすずめ』赤羽末吉絵　福音館書店　1982 日本の昔話を石井が再話。赤羽の絵がおそろしく、長く伝わる昔話の本質を語る

『子どもの図書館』（岩波新書）岩波書店　1965 自宅に開いた家庭文庫での活動報告と子どもの読書の大切さを説いた書は人々の共感を得、活動を後押しした

『北畠八穂・石井桃子集』（昭和児童文学全集18）東西文明社　1958「パチンコ玉のテボちゃん」「秘密」「ハツコマ山登山」「ある山のかげで」他2編収録

『石井桃子集4』岩波書店　1998「幼ものがたり」収録

『べんけいとおとみさん』山脇百合子絵　福音館書店　1985 犬のべんけいと猫のおとみさんが繰り広げるにぎやかな毎日を、ユーモアたっぷりに綴る物語

『私たちの選んだ子どもの本』石井桃子他著　子どもの本研究会編集・発行　1966 増補改訂を重ね、現在は2012年改訂新版（東京子ども図書館）がある

評論・研究

『石井桃子集5』岩波書店　1999「新編　子どもの図書館」収録。長らく絶版だった『子どもの図書館』を加筆修正の上、全集に収めた

『幻の朱い実（上）』司修装丁　岩波書店　1994 主人公の明子と友人の蕗子の魂の交流を描く長編小説。晩年の石井の心情がほとばしる大作

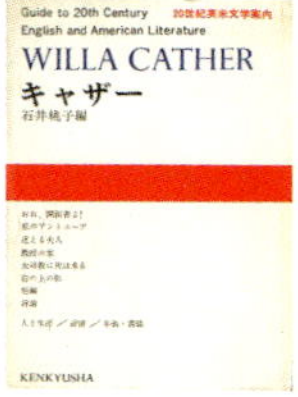

『キャザー』（20世紀英米文学作家案内12）石井桃子編　研究社　1967 石井は「人と生涯」「年表・書誌」を担当。「生涯」は読みごたえ充分

『子どもと文学』いぬいとみこ、鈴木晋一、瀬田貞二、松居直、渡辺茂男共著　中央公論社　1960 日本の児童文学を新しい視点で論じた書。1967年福音館書店から復刊

『石井桃子集6』岩波書店　1999「児童文学の旅」収録

『幻の朱い実（下）』司修装丁　岩波書店　1994 下巻では、明子ともうひとりの友人加代子とのつながりも語られる。読売文学賞受賞

『子どもと本の世界に生きて』アイリーン・コルウェル著　福音館書店　1968 イギリスのお話の名手による自伝。74年図書館協会（写真）、94年こぐま社から復刊

『子どもの読書の導きかた』（子どものもんだい6）国土社　1960 読書の大切さを説き、子どもたちを導く方法をわかりやすく伝える指南書

『石井桃子集7』岩波書店　1999 初めての自選エッセイ集。「ハツコマ山登山」など、単行本化されなかった作品も収めた

『石井桃子集1』岩波書店　1998「ノンちゃん雲に乗る」「三月ひなのつき」収録

書棚から 1

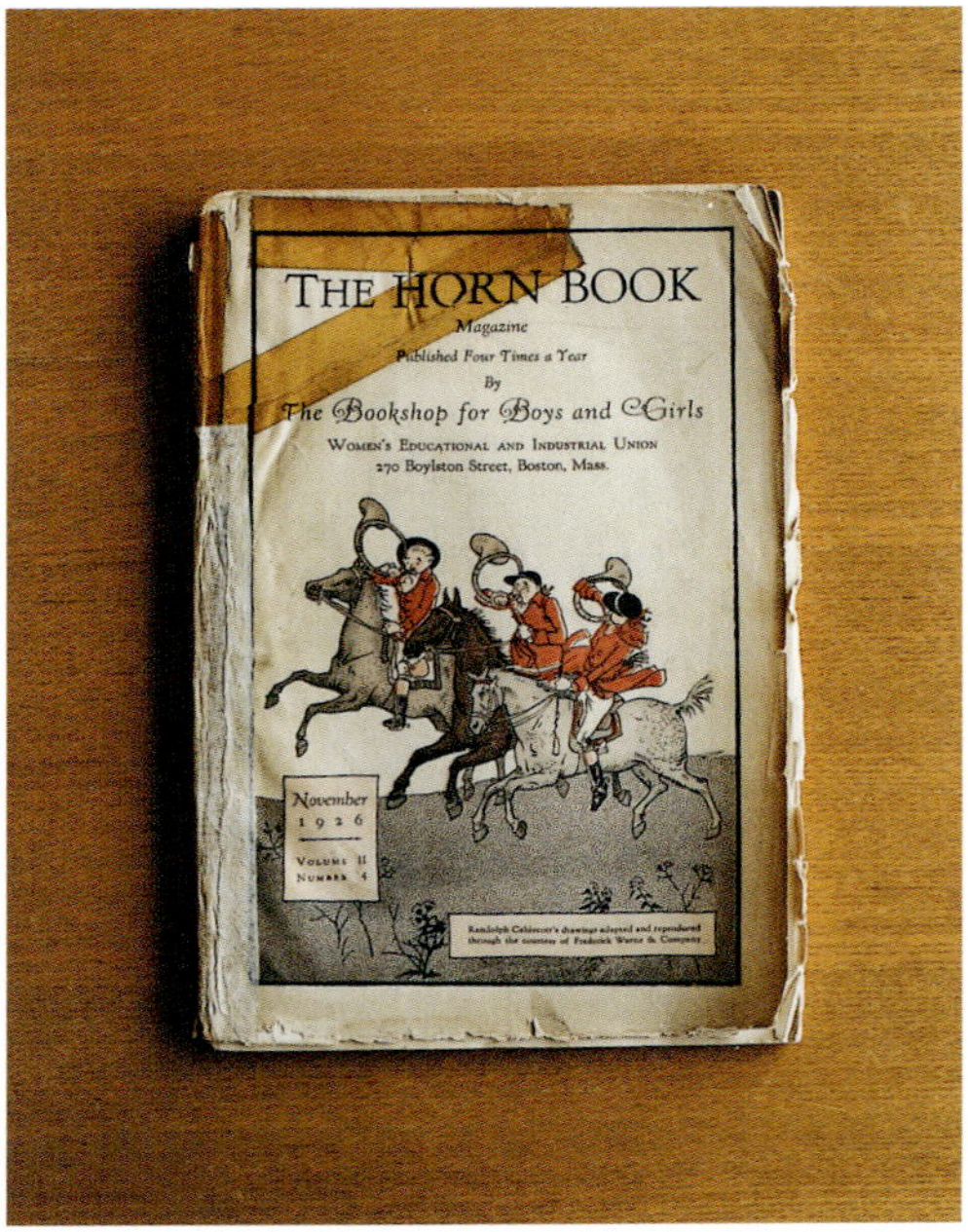

HORN BOOK

ホーン・ブック

『ホーン・ブック』は、アメリカで出版されていた、子どもの本の評論を専門とする雑誌である。

戦前、東京銀座の教文館で、『黄金の国』と『子どもの本の五年間』という、子どもの本の図書目録を見つけた石井は、同じ編集者が出している『ホーン・ブック』を、毎号取り寄せて読み始める。そこには、アメリカでの新しい児童文学の流れが読みとれ、石井は多くのことを吸収したのだろう。ページを繰っていくと、我々にも見覚えのある絵本、たとえば『100まんびきのねこ』なども、挿絵入りで紹介されている。

やがて同誌の編集者であるバーサ・マホーニー・ミラーと手紙でやりとりをするようになり、海外留学の際は、アメリカでのスケジュールはミラー夫人が練り上げ、彼女の案内で児童図書館を見て回り、クリスマスにはミラー家で過ごしている。

『ホーン・ブック』とミラー夫人は、児童文学の世界に足を踏み入れたばかりの石井にとって、よき師であり、相談相手であったのだろう。長年にわたって購読した、シンプルで質素な装丁の『ホーン・ブック』は、ベッドサイドの棚に、どっさり積み上げられていた。

第二章 石井桃子の生涯

明治末期に生まれ、大正、昭和と激動の時代を生き、平成に至るまで「自分自身で考え」、それによって自分を育ててきた石井桃子。百一年の年月を本作りとともに丹念に生き抜いた、ひとりの人間の軌跡をたどる

石井桃子の故郷である浦和は都心に近いこともあって開発が進み、生家のあった中仙道沿いもすっかり様変わりしてしまった。唯一、調神社だけは今でも黒々とした森に囲まれ、当時の面影を宿している

幼いころ
1907-1927

桃割髪に結った石井桃子（右）と祐姉。六人きょうだいの末っ子だった石井桃子は兄や姉たちに愛され、のびのびと育った

浦和という名は、母の顔のようにしたしくて、
ちょっと他人行儀に冷静には分析できない

うまれ故郷『浦和第一女子高新聞』1954

石井桃子は一九〇七（明治40）年、埼玉県浦和に生まれた。生家は旧中仙道沿い、浦和の宿の北のはずれにあり、古くは中仙道を歩く旅人のお休み所であったという。石井が生まれた当時は祖父が金物店を営み、父は小学校教師を務めた後、友人と興した浦和商業銀行の支配人をしていた。母も浦和の出身である。長兄と弟は生後すぐに亡くなったため、兄一人、姉四人の六人きょうだいの末っ子として育った。

大家族のなかで愛されて育った幼い石井に、生涯を通じて忘れがたい印象を与えたのは、祖父である。一家の家長として、いつも火鉢の前で重石のように端座していた祖父は、末っ子で色白だった石井を「たまご」と呼んで大変かわいがっていたが、石井が四歳十ヶ月のときに亡くなってしまう。そのときに受けた「何ともいえない気もち」、大人のことばでいう「無常感」は、石井の心に深く刻み込まれることになった。

本の記憶も早く、四、五歳の頃、冬の夜に炬燵で、長姉の初ねえさんに抱かれながら、木版刷りの『舌切り雀』の絵本を読んでもらったことに始まる。このとき石井は、おじいさんのかわいがっていた雀が、おばあさんに舌を切られていなくなってしまった場面を見て、こらえきれず泣いてしまう。ことばにはできなくとも、他者への愛情、別れの悲しみを、このときすでにはっきりと感じとっていたのだ。絵本だけでなく、祖父や姉たちの話す昔話も繰り返し聞いては楽しんでいた。

身近な自然に対する美意識をもったのも幼少期である。里芋の葉に集まる露、垣根に咲くスミレの紫色、お神楽の鈴のような桐の実などを、驚きと感動をもって見つめている。物事に対する感受性の強さはもって生まれた素質でもあるが、自由な子ども時代を過ごすことで磨きがかかったのだろう。石井は百歳のときに、「文字を一切読めなかったときの方が、より大事なものを学んだんじゃないかな」と述懐しているが、こうした幼い頃の豊かな経験が、石井桃子の基礎を作り上げたといえよう。

一九一三（大正2）年、埼玉県立女子師範附属小学校に入学。当時としては珍しく学級文庫が置かれており、帰り道にひと気のない道を選んで、『アラビアン・ナイト』を無我夢中になって読みながら帰り、おもしろいと思った本は遠足の日に歩きながら友だちに話して聞かせ、浦和高等女学校時代には、夏休みに預けられた千葉の漁村の家で、海辺遊びのかたわら、『巌窟王』や『シャーロック・ホームズ』を耽読している。その頃にはすでに本には万人向けのものもあれば、自分だけが好きなものもあることを意識していた。

学業優秀だった姉たちが早くに嫁ぎ、必ずしも幸せでないのをみていた石井は、両親に願い出て、一九二四（大正13）年、日本女子大学校英文学部に進学する。ここで英米文学について学び、卒業前には、文藝春秋社の菊池寛のもとで海外小説の要約のアルバイトをしながら、自活の道を探り始めた。

「ととが出ます」と写真師にあやされた記憶の残る一枚。抱かれた石井の顔だけがぶれている

祖父は、しかし、一方では、たいへんひょうきんなひとでもあったようである。すました顔をして、おかしなことをいったり、したりする。たとえば、私のことは、「桃や」とよばずに、「たまごや」とよんでいた。私は、たいへん色の白い子だったそうである。

それから、時どき、背中がかゆい、だれかにかいてもらいたいなどといいだす。そこで、脂っこい背中に手をつっこんで、ごしごしかこうとすると、その背中にゆでたまごがはいっていたりする。耳がかゆいという。のぞいてみると、五厘銭がはまっていることもあった。（祖父）

祐姉と私は、とにかく、よく文姉にまつわりついて話を聞いた。文姉の「おだんごころりん」などは、たいへん即興的でおもしろかった。たとえば、おばあさんが、地面の穴におだんごをおとすと、穴のなかから、「おだんごころりん、すってんとん！」という音が聞こえてくる。そこで、おばあさんは、あるだけのおだんごをおとしてしまうと、今度は何をおとそうかと考えて、前かけをおとしてみる。すると、「前かけころりん、すってんとん！」と鳴る。そこで、あとからあとから、身ぐるみぬいで、（中略）とうとう最後は、はだか同様の姿で、「おばあさんころりん、すってんとん!!」と、穴へころりこむのである。祐姉と私は、つぎに何を投げこむかということがわかると、笑いころげながら文姉に唱和した。（若い語り部）

当時には珍しく、きょうだいたちと一緒に笑って写ったもの。中央で兄に抱かれたのが石井

女学校時代の石井桃子（右端）。両親と兄勝一、文姉、花姉、祐姉、初姉と親戚の子どもたち

花は、少し古くなると、ぼろぼろ、地面におちてくる。花の一つ一つは、ホタルブクロの花のように袋になっていて、拾うと、蜜でもついているのか、べたべたと手にくっつく。それを、私たちは糸に通して遊んだ。うす紫の袋型の花の一つ一つが、宝物のように思われた。

花がすぎてから、どのくらいたってからだろう、今度は、枯れた桐の実がおちてくる。それは、お神楽を舞うひとたちが振る鈴のような形をしていて、一つ一つの実はとんがって、先が少しわれていて、振ると、からからと鳴った。それとおなじころかどうか、ぼてっとした、厚手の葉っぱが、がさごそとおちてきて、そこらじゅうがいっぱいになる。（桐の花）

浦和の宿の北端にあった石井の生家から、南端に見えていた調（つきのみや）神社の森は、今もうっそうと茂り、『ノンちゃん雲に乗る』を彷彿させる、小さな池があった

まもなく、私は、そこから家までの道を共にしてくれるきみょうな友だち、というよりお伴をもつようになった。そのお伴たちは、そこらを歩いているひとには見えない。そして、頭にターバンを巻くというような異様な服装をしているひとたちだった。私は、そのころまでに、あまり西洋の話や、東洋の話は聞いたことがなかったからである。（中略）

千代ちゃんと別れてからの五分間、私は、そのようにして遊んだターバンを巻いたひとの同族を大勢よびだして、自分の孤独を埋めたのだろうか。とにかく、そのひとたちは、私のまわりに群がって、私におせじを言い、私を王様のようにあつかってくれたのである。そのひとたちが、一ばんにぎやかに活躍するのは、私が伊藤さんのTちゃんとお菓子を盗んだことのある「植木屋」という駄菓子屋の前あたりだった。私はそのとき、左右にならぶ家々のひとたちは、空《くう》の者で、私たちこそほんとうのものなのに、みんなはそれを知らないで、おかしいなあと思った。

まもなく、家について、「ただいま」を言い、母の焼いておいてくれたかき餅でもたべだせば、私のお伴は忽然と消えてしまうのに、私は、それを少しも矛盾と考えなかった。（一年生）

祖父に「うてんじゅんえん」ということばを教わったのは、調神社で歳の市が開かれる日のことだった。今も12月12日には正月用品を買う人々でにぎわう

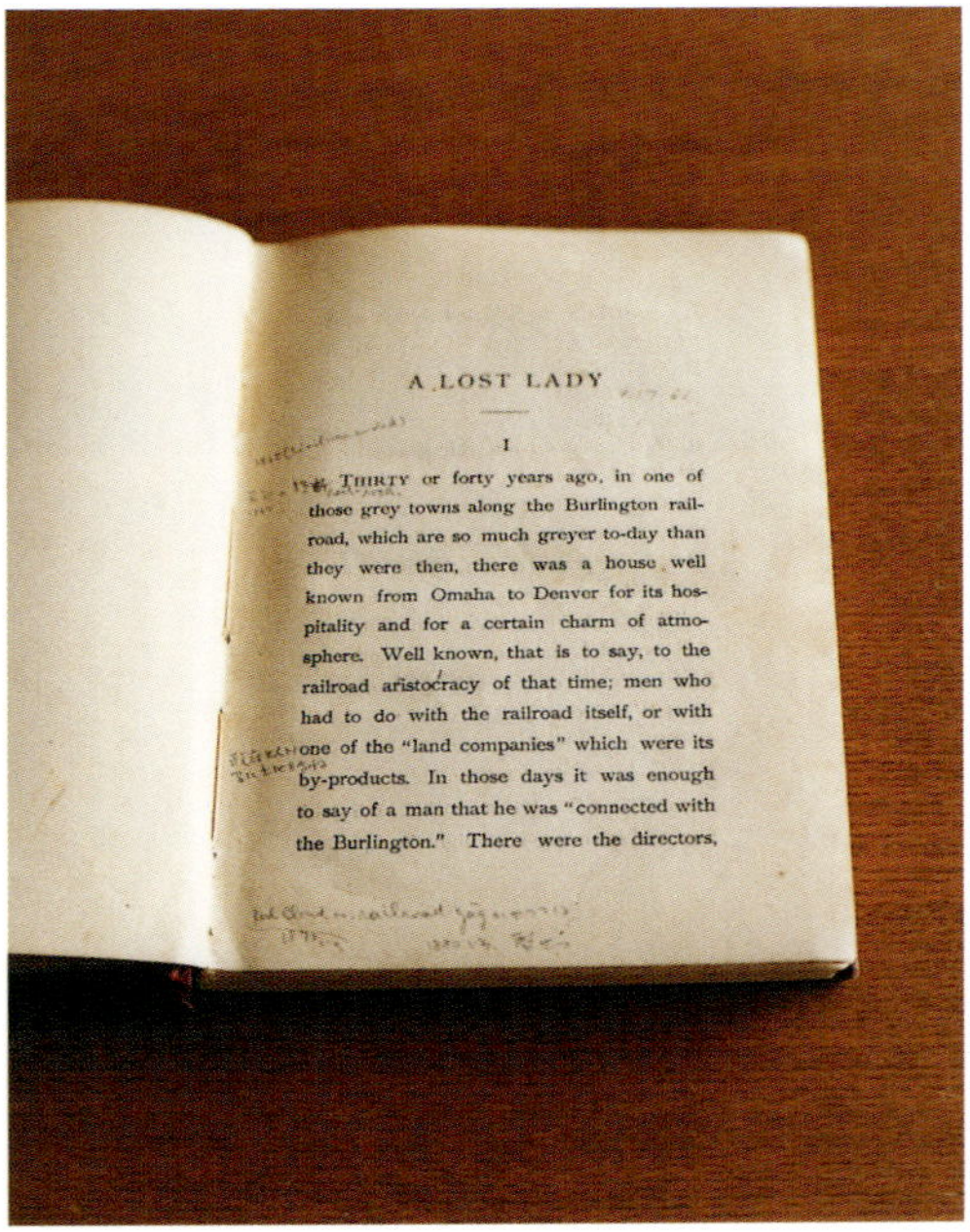

Willa Cather

ウィラ・キャザー

石井がウィラ・キャザーに出会ったのは女子大生時代、課題の資料探しに書店へ出かけ、ついでに廉価本をあさる楽しみを知った頃のことである。

「ある日、ドイツから出ているタウフニッツ版のたなに、評伝を読んでちょっと心をひかれていたアメリカの作家、ウィラ・キャザーの『ア・ロスト・レイディ』という本を見つけた。小さな本に、ぱらっと組んである字づらが、私に、しずかな美しさを感じさせた。ねだんもやすかった。私は、それを買ってかえった。」

そして読んだその本に、幼い頃の読書以来の忘我の境地を味わい、自分の波長とぴったり合うものを感じる。そこには「ある人にとっては、無上の価値となるものが、ある者には、三文のねうちもない。そして、その価値は、手にとって、説明できないことが多い」という、人間の価値観の問題が描かれていた。

聖書を思わせる、えび茶のクロス装はこの一冊だけで、書棚には同じ版元の四冊が収まる。「本を読むことは、友だちづきあいとよく似ていると思う。私は、大勢の友だちを必要としない」と考えていた石井にとって、キャザーの本は若き日の友のような存在だったのだろう。のちに、キャザーの研究書ものしている。

エッセイ

はるかなものをもって（抄）

戦争中の北京の夕ぐれでした。中国は、空気がすんでいる国です。ある女友だちと二人で歩いている街路の上に、ほんとと見えないほど輝いた星が出ていました。私たちは、それこそ陶然というような気もちで、それでも熱に浮かされたときよりは、ずっと静かな気もちで、ごく最初に出はじめた、いくつかの星の下を歩いていました。知らず知らず、私たちは、話しながら、私たちの真向いに見える星を見つめて歩いていました。

その時、友だちが言いました。

「私、いつも、こうして遠くのものを見つめて歩いていると、これからの恋愛とか、結婚ってものは、こんなふうなもんじゃないかと思うの。二人の人間が、ならんで、手をつないで、はるかなものに向かって歩いていくことなの。二人が、向かいあいになってしまうと、いけないんじゃない？　二人だけのことになると、いつか、衝突がおき、まずくいってしまう。けれど、二人とも、遠くに目ざすものをもって、そっちへならんでいくとき、ほんとに、和のある、いい恋愛や結婚ができるんじゃないかしら」

私は、心から同感したのでした。その時、二人ともひとり者で、二人とも、恋愛をしていなかったから、すぐさま、そんなふうにうまく同意できたかもしれませんが、それから、十五年、私は、いまだに、ことにふれ、その友だちのことばを思いだしては、そういくべきなんだろうなと、考えずにはいられません。

しかし、私は、恋愛や結婚の当事者の見つめるべき、この「はるかなもの」が、一つの星でなければ、ならないとは考えません。それこそ、世の中には、数えきれないほどの星があるのです。ただ、まだ理想郷に住んでいない、現在の私たちは、男と女の興味がちがいすぎたり、物の見方にちぐはぐなところがあったりで、現実のこととなれば、むずかしいことが、たくさんでてくるでしょう。けれど、もし、その二つの星が、おなじ方向にあれば、そして、なるべく、おなじくらいの高さにあれば、二人の人間にとって、たいへん幸福なことにちがいないと思います。

『それいゆ』1956

児童文学の世界へ

1928-

石井は編集者として、文藝春秋社、新潮社、岩波書店の各出版社で仕事をした。写真は岩波書店時代だろうか。右手には鉛筆、左手にはお手製のレースのハンカチ？

いい本は年をとらず、いつも新しい

心の奥の美しい芽『岩波少年文庫創刊45周年広告』1995

女子大時代から文藝春秋社の菊池寛のもとで翻訳のアルバイトをしていた石井は、一九二九（昭和4）年、同社に入社する。創立間もないにぎやかな社内で、石井は永井龍男の下で婦人雑誌の編集経験を積み、作家川端康成、横光利一、井伏鱒二らと知り合う機会を得る。また、菊池寛の紹介で、犬養毅邸へ書庫整理に行き、犬養家と親しくなるのもこの頃である。しかし世界情勢は次第に戦争へと向かう不安定な時期でもあった。

一九三三（昭和8）年、文藝春秋社を退社した石井は、クリスマス・イブに訪れた犬養家で『クマのプーさん』の物語に出会う。「その本の中には、私がはじめて知る、たんのうできる世界が充満していた」とのちに語ったように、プーとの偶然の出会いが、児童文学の世界へ足を踏み入れる大きなきっかけとなった。

翌一九三四（昭和9）年には、文春時代に担当だった山本有三に誘われ、新潮社で『日本少国民文庫』の編集に参加する。山本は日本の行く末を案じ、子どもたちに少しでも広い世界を伝えようと考え、当代の知性を集め、十六冊のシリーズを企画したが、石井は主にこのうちの『世界名作選』二冊を吉野源三郎のもとで担当し、自らの翻訳を初めて本に掲載することになった。

このときの経験によって、より子どもの本に興味をもった石井は、銀座の教文館や日本橋の丸善に通い、アメリカから児童書批評誌『ホーン・ブック』を取り寄せ、作品を送ってもらうなど、積極的に取り組むようになる。

一九三八（昭和13）年には、犬養邸の一角に児童図書室兼出版社「白林少年館」を開くが、『たのしい川邊』『ドリトル先生「アフリカ行き」』の二冊を出版した後は、戦局の悪化もあって断念。一九四〇（昭和15）年には『熊のプーさん』が岩波書店から出版されていたが、太平洋戦争が始まり、出版どころではなくなってしまった。

すでに父母も親友も亡くしていた石井は、ひとり荻窪の家でメダカを相手に暮らしたが、当時を振り返り、「空のほうをむいて、ハァハァと息をついている。酸素のたりない水のなかにいる金魚そっくり」と表現している。そして徴兵された友人を少しでも慰めるために、『ノンちゃん雲に乗る』を細々と書き続け、送り続けた。

石井が一生の仕事となる児童文学の世界に入った時期は、そのまま戦争への時期に重なっている。それでも戦前、時代を代表する人々と出会い、本作りへの真摯な姿勢を教えられた若き日の石井は、明日をも知れぬ日々の混迷と困窮のなかでも、苦しみながら本をつくり続けていた。それは子どもたちによい本を届けたいという気持ちと、そうすることで自分をも支えたいという思いの発露ではなかっただろうか。

一九四四（昭和19）年、川崎の軍需工場に秋田から勤労奉仕に来ていた女学校教師の狩野ときわと出会った石井は、宮城県の鶯沢に土地を借り、農業を始めることにして移住する。鍬入れの日は、奇しくも終戦の日であった。

石井桃子が出会った人々とことば……1

駆け出しだった頃に編集を教えてくれた人、同じ志をもってともに翻訳をした人。彼らの温かな言動が石井桃子を支えていた

菊池寛

ちょび髭に、兵児帯の着流し、えらく見せようなどという気負いなどみじんもない（何度めかに伺ったときは、食べかけの羊羹を棒のように手に握っておられた）。

文藝春秋社の創立者にして作家の菊池寛は、石井が出版界に入るきっかけを作った人物である。大学卒業間際になっても就職先の決まらない石井は、友人に誘われて菊池邸を訪ね、海外小説の要約の仕事をしたことが発端で同社に入社する。一学生にとって菊池は雲の上の存在だったはずだが、石井はその素朴で偉ぶらない態度に感銘を受け、のちに「菊池寛氏の、人を一視同仁と見る視線」が今の文藝春秋社を作ったのだろうと語っている。

「文藝春秋」社と私『文藝春秋』1998

素朴で気取らない性格だった

前列左が山本、左端に石井

山本有三

日本で紹介されていない名作を、どんな小さなものでも見落とさずに探しなさい、と山本先生や吉野源三郎先生から言われ、上野の図書館から丸善の洋書売り場まで、必死で歩き回った。

文藝春秋社退社後、石井は作家山本有三に誘われ、新潮社の『日本少国民文庫』の編集部に加わる。日本が戦争に向かうなか、子どもたちにもっと広い世界を伝えたいという願いから作られた企画だけに山本の目は厳しく、石井が担当した『世界名作選』では作品選択や翻訳修正に苦しめられた。しかしこのときの妥協を許さぬ山本の態度と出来上がった本は石井の手本ともなったのだろう。「今読んでもすばらしい」と語っている。

「少国民文庫」を一部復刊
『東京読売新聞』1998

井伏鱒二

「太宰はね、こう思うことが書けなくなったら、思う存分のことを書いて、壺に入れて、地面に埋めとくっていってるんですがね。」
そのときの井伏さんの語気を、どきっとするような思いで聞いたので、この言葉だけは、ひとつづりになって私の心に残った。

文春時代以来、お互い荻窪に住んでいたこともあり、作家井伏鱒二と石井は親しく行き来した。井伏は石井の志を酌んで『ドリトル先生』の翻訳を引き受けるなど、その真摯な性格を好み、「姫御前のあられもない」などと独特のユーモアで石井の言動を揶揄しながらも信頼し、支えていた。井伏を慕った太宰治の死を巡ってもふたりは本心を語り合い、終生肝胆相照らす仲だったと思われる。石井の愛読書は井伏の名作『鯉』であった。

井伏さんとドリトル先生
『井伏鱒二全集』月報　1998

（上）井伏とともに（下）菊池寛賞受賞祝いでは対席に

小林は冬青の雅号で絵も嗜んだ

小林勇

小林さんは酔ってくると、私の百姓仕事を笑って、紙をまるめた棒で、私の頭をたたき、「なぜ東京へ出てこない。あんた方のつくってる食糧なんか、日本にとって何のたしにもなってやしないんだよ。それよりほかにするべき仕事があるよ」といわれるのだった。

早くから石井の能力を評価し、戦後宮城で農業生活を送ったときも上京を促し、岩波少年文庫の編集を託したのが岩波書店の小林勇であった。上記の文は「私は私で牛飼いに生きがいを感じていたから、棒をもぎとって、『何するんです』と、小林さんをたたき返したりした」と続く。小林は入社した石井に「なんでも思うようにしたら、いい」と一切口を出さず、細やかに思いやった。石井は追悼文で「あたたかいひと」と人柄を偲んでいる。

あたたかいひと
『回想　小林勇』1983

河野与一

すぐわかったのは、この人は、目にはいったものはただちに認識し、人間とわかれば話しかけ、相手がだれであろうと、みんなを人間あつかいにするということだった。

岩波書店の顧問だった哲学者の河野与一は、入社当初社内で孤立していた石井を皆と同様に扱い、「先生と私は、しんせつなおじさんととなりの女の子のように仲よく」なっていった。徐々にその高い知性に触れてゆく石井だが、一方で「あなた、あなたの本を私にくれないじゃないか」と変わらず接してくれる河野に人としての深さも感じ、尊敬の念を抱いていた。こうした人格者に囲まれていたことも、編集者石井の幸運のひとつであった。

河野与一先生のこと
『朝日新聞』1962

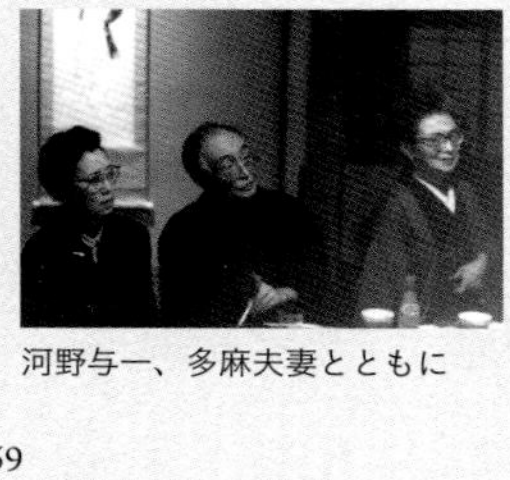
河野与一、多麻夫妻とともに

夕食を兼ねたISUMI(いすみ)会で

瀬田貞二

私は、ぜひ瀬田さんにしてもらいたいと思う仕事があると、瀬田さんのお宅へ出かけていったからである。しかし、ほかのひとでもよかったり、ほかのひとのほうがよいと思うような仕事は、けっして瀬田さんにしてくださいとは言わなかった。やりたいと思う仕事のある瀬田さんの時間が惜しかったからである。

児童文学作家で翻訳家の瀬田貞二との出会いは岩波書店に入社した石井が、当時平凡社で『児童百科事典』の編集長だった瀬田に手紙を書いたことに始まる。ふたりは子どもの本について語り合い、共訳本を出し、勉強会「ISUMI会」も開いた。石井にとって瀬田は気心の知れた同志だったのだろう。会の帰り、終電を逃した瀬田が戻ってきて石井に一夜の宿を頼む思い出話は微笑ましいほどだ。瀬田の早世を悼む文には無念さがにじむ。

瀬田さん『子どもの館』1979

堀内誠一

私は、いつも堀内さんが仕事に向かったときの、取り組むという姿勢——そのくせ、ちっとも頑ばっていない様子——を思いださずにいられない。

「気がついたら、堀内さんという友だちが」いたと語っているように、子どもの本を愛する画家堀内誠一とは話が合い、堀内のパリ時代は手紙をやりとりしたり、訪ねたりしている。人柄や考えに惹かれ、仕事相手が友人に変わることはよくあるが、ふたりはこうした間柄だったのだろう。ときにはこれという仕事を依頼し「私は、目前にだされた材料をきれいに捌いてゆく名シェフを見ている思いがした」と、堀内の手腕に感嘆している。

堀内さん『堀内さん』私家版　1997

訥々と語り合える友人だった

子どもが、同じ本を何度も読み、そのたびに深い楽しみをくり返せるということは、人間としての自然の欲求からくるもので、知らないまに、自分をのばしているということになるのじゃありませんか。そのためにも、いい絵本は、ほんとにたいせつなものに思えるんです。

その物語が全体として、どっちの方向へ向いているかということです。やはり生きているということはすばらしいことだ——こんなこと、子どもは意識的に考えはしませんが——の方向に向いていてもらいたいですね。

もちろん書く人は、思いつきで書いてはいけないでしょうね。どう生きてゆくかということでは、その人なりの考えを持っているわけで、そこから

でてくるお話でなければいけないと思います。でも、その思想を、子どもの理解できる次元で、どう表現するかということになってくると、作者にとってはたいへんむずかしいことなんです。どうも大ぜいの子どもとつきあってみると、その思想を普遍的なところまでもっていって表現しないと、子どもにはわからないんですね。

絵本は楽しんでもらいたいんです。ほんとうに楽しむからこそ、生きてくるし、子どもにも大きな意味のあるものになれるんです。近ごろ教育熱心な人たちが多くなって、子どもたちに絵本を「与え」たり「指導」したりするのを見ると、子どもの身になって、きのどくになりますよ。わたしが子どもだったら、毎日与えられたり指導されたりするのはいやですね。楽しく絵本を見たいですよ。

テレビでは代用できない『こどものとも』付録 1983

石井 桃子氏

（井ノ頭公園にて）

幼いころからの友人には、いつまでも幼な顔がついてまわるように、私は景色にも思い出をダブらせてしまう。荻窪、吉祥寺へんの風景には、戦争まえのたのしさがしみついていて、いまも私はそこに田んぼや疎林や小川を考えがちだ、じっさいはもう、公団住宅や煙突になってしまっているのに。

静かな木立ちにぶつかると、また私は二十五年若がえって、死んだ友だちとそこを散歩する。

『別冊文藝春秋』1959年2月　第68号より転載

ふだんの石井先生

児童文学の世界で活躍する石井先生も、家ではひとりの女のひと。散策したり、手紙を書いたり、花の種を植えたり。レース編みがお得意で、いつも手を動かしていたという。

少し疲れたわね、
おキヌさん
休んだら
いかが？

上手にできたじゃない
そうお

（写真は、出来上つた『平賀源内』に興ずる石井先生

童話作家 石井桃子《いしいももこ》

私《わたし》の家《いえ》は、女《おんな》四人《にん》の寄合《よりあ》い世帯《じょたい》。おまけに猫《ねこ》までメス猫《ねこ》ときては、かしましいを通《とお》りこしているように思《おも》われるかもしれないけれど、このうち、ふたりは本屋《ほんや》さん勤《つと》めで、朝《あさ》から晩《ばん》まで忙《いそが》しし、猫《ねこ》は一日《にち》に一声《ひとこえ》も鳴《な》かないから、わりあいにしずかだ。仕事《しごと》に疲《つか》れて、気持《きもち》がカサ〳〵になつたように思《おも》えるときなど、私《わたし》は夜《よる》のひと、きを、若《わか》い人《ひと》たちと一緒《しょ》に、手製《てせい》の『平賀源内《ひらがげんない》』というおもちやで、楽《たの》しんだりする。

明治四十年、埼玉県生れ。日本女子大英文科卒業。『ノンちやん雲に乗る』で、文部大臣賞を獲得。訳書に、『熊のプーサン』『牛追いの冬』『小さい牛追い』などがある。岩波書店『少年文庫』『子どもの本』編集責任者。

『主婦の友』1954年3月号より転載

エッセイ

待合室（抄）

このごろ、私は十日ごとにお医者にいく。医院には待合室がある。そこへはいっていくとき、先客があれば、私は必ず頭をさげてあいさつする。「今日は」のつもりである。そのとき、おもしろいのは、私を全然無視する人がかなり多く、そのほとんどが若者、幼い子をつれた母親、「一家の長」といっただんな方であることである。

私は、そのひとたちの態度のよしあしをいっているのではなく、事実をのべているだけである。にもかかわらず、私を空気同様に見るとき、その人たちの頭の中はどう働いているのか、いないのかについて、私は興味をもたないわけにいかない。

ところが、先日、待合室に劇画を見ている若者、子どもづれの母親二人、初老の御婦人と私がいたとき、四十ほどの、さっぱりした身なりの男性がはいってきた。彼はドアをあけると、「おはようございます」とはっきりいって、頭をさげた。すると、部屋じゅうにいたおとな（劇画を見ていた若者もまじえて）は、そろってさっと彼に礼を返した。

男の人は私の隣りにかけ、それきり口をきかずに、手提げから出した厚い本を読みはじめた。私の番がきて、「ごめんください」と、その人の前を通ろうとすると、「どうぞ」と、ひざをひっこめてくれた。

その日以来、私は何度その人のことを思いだしたかわからない。そうしているうち、その人は、昔話から出てきて、私の隣りにかけたのだとさえ思えてきた。その人は、私に「ことばを信じよ」というために、あの待合室にあらわれたのではないだろうか。

『こどもとしょかん』6号1980

コラム

生活とことばについて

「さよなら」この、私たちにとってあまりにも使いなれ、ほとんど注意をはらうこともなく使っていることばは「さようならば、お別れします」「さようならねばならないなら、お別れしましょう」の意味で、おしつけがましくもなく、いいたりなくもなく、しかも別れの気持がいっぱいつまったことばだと、（リンドバーグ）夫人はいうのである。

私は、この外国人の書いた本によって、自分の手の内の宝にはっと気づかされ、あらためてしげしげと見なおしたという思いがした。そして、そのひびきといい、簡潔さといい、やさしさといい、何といういいことばだろうと思った。そして、これが正真正銘、私たち日本人がつくったことばで、日本人の中にこのようなことばをつくる力があるのだということを考えて、たいへんうれしかった。＊1

子どもの本を、編集しはじめてから、もうじきで三年になる。そのあいだ、私たちは何に一ばん苦労してきたかを考えてみると、どうもことばをやさしくすることに追われてきたような気がして、いまさらのようにびっくりする。気にして考えだすと、それほど書いた日本語はむずかしい。なかなか、だれにもすらすら読めて、わけがわかるようには書けていないものである。＊2

実業界の人と話す機会をあまり持たない私が、先日、めずらしくある大きな会社の重役と会った。（中略）その人の生いたちを、くわしくは知らないのだが、何でもあまり学校教育をうけない人だということだった。

私は、話しているうちに、その人が相手のことばを、たいへん注意ぶかく聞いていることに気がついた。そして、相手が、五分前にいったことと、ちがったことをいいだすと、「ちょっと待ってください。いま、おっしゃったことは、さっき、あなたのおっしゃったことばと、どうつながるのですか？」と素朴に聞いた。

一つ一つ、なっとくのいくことはうけ入れ、いかないことは聞きただして、この人は、自分の生涯をきずいてきたのだなと私は思った。私が感心したのは、その人が金持ちになったことではない。その人が、そういうたしかな手段で自分を教育したことだった。＊3

あるイギリスの詩人が、少年少女に「詩」について語って、ことばはだいじにしなくてはいけない、ことばは、みがけば光るものだ、詩人が使うのは、そういうことばなのだといっている。

私たちは、詩人でないから、それほどみがきはかけられないだろうが、少なくとも、使ってはすて、使ってはすてでは、いいことばも残らないだろうし、ひとにものをたのんで、「それじゃ、いいです。」で気がすんでいたのでは、いい国にはなれないだろう。＊4

では、私が、どんなことで、「広辞苑」をひくかといえば、その理由は、まったく雑多である。まず漢字を忘れたとき。それから、ふだん何気なく使っていることばが、正確には、どんな意味か、気になったとき。花や、動物や、鳥について知りたいとき。（中略）

こうして、大ざっぱにいうと、自分の頭のなかの内容に、正確を期したいとき、私は、何ごとによらず、気やすく「広辞苑」に聞いてみるといっていいだろう。

＊5

＊1暮し寸評「さよなら」と「よろしく」『朝日新聞』1967　＊2もっとやさしく『言語生活』1953　＊3まっすぐな若い心『中学時代三年生』1962　＊4みがけば光る『暮しの手帖』1966　＊5広辞苑『母の友』1965

宮城県鶯沢で農業を始めて10年、農場は3町歩（9000坪）の立派なノンちゃん牧場となり、春には「わが谷は緑なりき」の美しさだった

農業時代
1945-1950

美しいものは、ちっとも
失われていない、と思った

「ノンちゃん牧場」中間報告『文藝春秋』1957

愛すべき小農場で暮らすことを夢みていた石井は、乳牛にはエルシー、めん羊にはポピー、猫にはトムと名づけ、かわいがっていた戦時中、庭の池でメダカを飼い、その姿に慰めを見出していた石井は、軍需工場で知り合った狩野ときわとともに、一九四五（昭和20）年の終戦の日、宮城県鶯沢で農業生活を始める。

その地を初めて見たとき、石井は田圃のふちに咲いている白百合を見て、『「ああ、百合が咲いてる、百合が咲いてる！』と、畔の上をはねて歩いた」「狩野さんのいうところによると、私は、その日、何十日ぶりかで笑ったのだそうだ」と書いている。

鍬の使い方も知らない石井だったが、狩野とふたりで山間の土地を開墾し、田畑を作り、野菜を育て、稲を育て、果樹を植え、牛を飼い、研究と努力を重ね、数年後には小さくとも立派な農場を作り上げる。大柄でマッカーサーのあだ名のついた狩野と、小柄で蒲柳の質の石井の異色コンビは、当初、土地の人々から珍しがられたが、次第に地域にとけ込み、そのみごとな成果から、山の先生たちと呼ばれ、若者たちには農業指導もし、遠方から見学者が来るほどになった。

しかし、農業は自分たちが食べる分だけを作っていられればよいが、現金収入がどうしても必要になる。やればやるほど借金が増える構造に、ふたりは頭を抱えたが、石井が東京の知人に預けてきた『ノンちゃん雲に乗る』が出版され、ベストセラーとなったことで、その印税をもとに乳牛を買い、念願の酪農を始めた。

ところがせっかくの牛乳も、農家がまちまちに売っているようでは利益は上がらない。そこで今度は村の有志と酪農組合を作ろうとするが、またしても資金不足に悩むことになった。

それまでにも所用で東京へ行くたびに、出版社の知人から再三戻ってくるように言われていた石井は、酪農組合を作る現金収入を得るため、出稼ぎ部隊として、ついに上京を決意する。こうして農業を始めて五年後、東京と宮城を行き来する生活となった。

その後、石井の送る資金によって鶯沢酪農組合が設立され、殺菌工場も作られ、牛乳はノンちゃん牛乳と呼ばれて販売され、村で飼う乳牛は一時二百頭を超えた。しかしこの組合も、農家の旧式な考えや杜撰な経営で、山の実働部隊であった狩野は苦労の連続であった。一方、石井は、子どもの本は片手間では作れないことを痛感し、山での生活はだんだん間遠になってゆく。

苦労の連続ではあったものの、石井は、農業生活では自分たちで「物を生みだすということのたのしさもまたさとった」と語っている。どんなときも自立して生きることを重んじ、思いを実行し、研究し、納得のいくまでやり通す、石井の生き方の基本姿勢がはっきりと表れた数年であった。その苦しくも楽しい農村生活の体験から生まれた作品も、今日まで読み継がれている。

さて、岩波書店に請われて入社した石井だったが、招いたのは上層部で、社員組合は承知していないという現実に直面する。石井は自分の机に金魚を入れた鉢を置き、ひとり岩波少年文庫の立ち上げにとりかかった。

御放送が終った。正午前と午後で、日本の運命が、がらっとかわっていた。私たちは、しばらく呆然として、自分たちにもわけのわからない涙をうかべていたが、ふしぎに、それからしようとしていることについては、ちっとも気もちがかわらなかった。私たちは、唐鍬と鋸をさげて、山道をのぼった。二十本の木を切りたおし、三坪ほどの土をおこした。力いっぱい、鋸をひいている上で、空がまっ青だった。美しいものは、ちっとも失われていない、と思った。*1

開墾初期の頃。中央が狩野ときわ、右に石井。「おかゆ腹をかかえて、よくもああ動きまわれたと思うほど」働いた

その夜は、この世のものとも思われない美しい月夜になった。雪の白、木々の黒い影、三人で小屋の前にじっと立っていると、小さい小さいアトムになって、チリチリと雪のなかに消えてゆきそうな気がした。*2

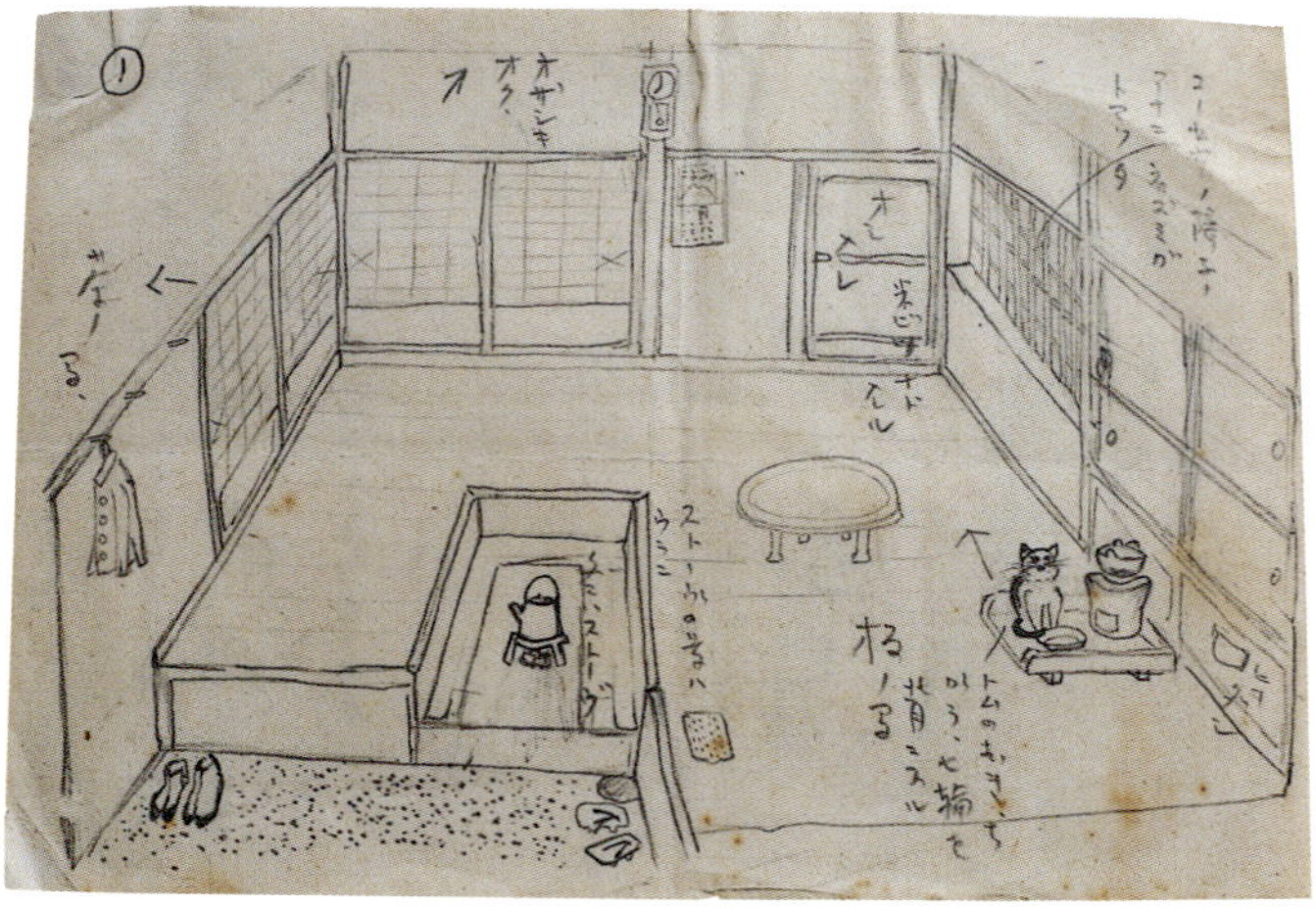

開墾して数年後には暮らしも落ち着き、母屋も少しずつ手を入れられた。石井の手描きらしきメモには猫のトムの姿も

家族の一員だった猫のトムはネズミ退治に大活躍

その私が、また東京に出て来たわけは、一つには、農村では、たべていけないからである。私は、友だちとふたりで、じぶんたちのつくった豆畑や、大根をながめながら、満足して、長歎息した。「これで、たべていけたらねえ、これで、たべていけたらねえ。」と、私たちは、くり返し、くり返し言ったのである。*3

P72の牛舎の前身だった立派な牛舎

*1「ノンちゃん牧場」中間報告『文藝春秋』1957　*2汗とおふろとこやし『婦人朝日』1950　*3スズメの歌　都会といなか『婦人画報』1954　*4みちのくにある私の牧場別荘『旅』1960　*5わが百姓生活の弁　初出不詳1951

冬に備え、下草を刈って牛の敷藁にする

朝五時まえから夜までつづくその労働。手をあげたり、さげたり、からだをたてたり、まげたり、つまり、何百年か前、いや、千年まえともあまりちがわないかもしれない運動が、そこではくり返されている。私はむかしにもどったのである。*4

留学後は鶯沢小学校で読み聞かせを行った

小さい映画館みたいに見える、りっぱな方が牛小屋であるため、よくまちがえて、「ごめんください。」と牛のところへはいっていく訪問客がいる。

これが、近所の人たちの言う「ノンちゃん牧場」が、開墾しはじめて十二年で、どうやら、やっとたどりついた結果である。*1

農業を始めて10年、朝食後の語らいのひととき

百姓という仕事は、たやすいことではない。働いても働いてもたべられない職業である。私たちは、骨身にこたえて、それをさとった。けれども、物を生みだすということのたのしさもまたさとった。*5

酪農組合を設立、ノンちゃん牛乳と呼ばれた

東京で、机にだけ向っていることは、何か空しい気がして、私は時どき、「山」に帰って来ては、村の子どもたちと話して、ほっとする。*1

「山」に帰ってきても、夜は仕事をしていた

余録

鶯沢訪問記

鶯沢を訪れた日はあいにくの雨だった。駅を下り、車に乗って走り出すと、山がちかと思っていたあたりは、広々とした田圃の風景で、稲が黄色く実っている。

途中、道に迷い、入り込んだ農家の庭先で親切に教えてもらった通り、細い道を山あいへと入っていく。車道ができるまでは別の山道があったそうだが、ゆるくカーブしながら上っていく道の感じが、ノンちゃん牧場への入口らしく、独特の枝ぶりをした松が二本、きっとこれは石井先生も目にされたのでは、などと思う。やがて谷間が開け、丘の上に白壁の家屋と牛舎が見えた。緑の森を背に白壁の家が建つ風景、向かい合った母屋と牛舎、小さな田畑と数本の果樹。すべてがこぢんまりと感じよく、石井先生の本に出てくる外国の農場のようであった。

家には、農業生活をともにした狩野ときわの養子のお嫁さんの狩野やゑ子さんが今もひとりで暮らしている。やゑ子さんがお嫁に来た頃は、「四十過ぎの学のある女の人がふたりで開墾して農業を成功させていると有名で、バスで見学者が来るほどでした」と言う。「大柄でお酒も飲むときわと違って、石井さんは小柄で体も弱くて、薬

（右）屋根は変わったが農場には当時と同じ牛舎がたたずむ（左）鶯沢小学校の図書室に飾られている子どもたちと石井先生の写真

が手放せない人だった」が、それでも結構食べるのよと笑い、豆が大好きでしたと教えてくれた。その頃すでに東京と鶯沢を行き来する生活だった石井先生は、几帳面で厳しい印象で、親しく話すこともなかったそうだ。「外国から帰った後も、私の夫と、ときわと三人でよく討論していました。私は違う世界の話でわからないから、横で聞いていました」。でも、人には思いやりがあって、「年を取ってからも野菜やお米を送っていたけど、喜んで食べてくれて、『やゑちゃん、どうしてるー、案じているよー』と、よく電話をもらいました」。

一時は六頭いた牛も、酪農をやめて三十五年経つという。ふたりが苦労して作った酪農組合も今はない。「搾りたての牛乳はおいしかったわよ。濃くて脂っこくてね」。乳牛という言葉もやゑ子さんが言うと、にゅうにゅうとやさしく聞こえる。この牧場でかわいがられて育ったにゅうにゅうの乳はさぞおいしかっただろう。牛舎には、乳搾りのときに叩かれないように尻尾を掛けておく紐が、ぶらんとぶら下がっていた。「最近はねずみが出てきて、『山のトムさん』の頃と同じになってきました」。山あいの農場は、やゑ子さんがこぎれいに住まい、往時の面影を残しているが、やがて住む人がいなくなってしまえば、すぐに草木

が生い茂って、先生たちが来た頃と同じ姿に戻ってしまうだろう。ここにノンちゃん牧場があったのは、遠い昔なのだ。

石井先生は留学後、鶯沢小学校で週に一度、読み聞かせも行っていた。その授業を受けた人を訪ねて、町の中心にある小学校にうかがう。『やまのたけちゃん』にも登場する学校で、大きな校庭がすがすがしい。「正直言って、国語の授業がつぶれるのはいいな！　と思った」と話すのは当時五年生だった髙橋長人さん。読み聞かせの日は特別にノンちゃん牛乳がもらえるので、嬉しかったそうだ。農家では牛乳は売るもので、飲むものではなかったからだ。しかし、牛乳の思い出はあっても、本の記憶となると少々心許ない。それでも「子どもはやっぱり、活字を読めちゃと思う」。無意識でも、あの授業のおかげかなと話してくれた。

これが縁となって、長人さんが町の教育委員会に勤めていたときには、先生から小学校に本が寄贈され、石井桃子文庫が作られている。「大げさなことが嫌いで、子どもがひょいとやってきて、本を開いてくればいいとおっしゃっていた」、先生らしい、一棚分の文庫だ。『ちいさいおうち』を開いて貸出カードを見ると、みほ、しほり、ちほと女の子の名前が並んでいた。

廊下に掲げられた航空写真を見ながら、長人さんと教頭の菅原喜悦先生に、ここが小学校、ここが二迫川と教えてもらう。目を凝らして見ると、ノンちゃん牧場が山の合間にぽっかりと見えている。私たちがさっき通った道も見えている。見ているうちに、この航空写真が『クマのプーさん』に描かれた地図みたいにも見えてくる。川があって、橋があって、家があって……。そこにあるのは、鶯沢というひとつの世界だ。

小学校を辞し、車で山から下りてきた頃には雨も上がって、明るくなってきた。道の両側には再び黄色い田圃が広がり、灰色の雲がうっすらとかかっている。校庭での別れ際、栗駒山はここから見えますかと聞くと、「見えます、見えます」とおふたりは口を揃え、私たちが栗駒を見るときは夕方が多いんです、今日は残念ながら見えないけどと言って、山の方角を見ていた。

雲間から光が差し込んで、あたりはオレンジ色に輝き始める。不思議な夕暮れの色だ。月日は流れ、人は移り変わるが、自然は変わらずにそこにある。石井先生も、こうした光景を日々眺めながら、人生のある一時期を、鶯沢という世界のなかで生きていたのだろう。

今、私たちはあの航空写真のどのあたりだろうか。田圃の中の一本道をひた走る車が、小さく見えるようであった。（若菜）

（右）文庫にはおなじみの著書が並ぶ（中上）農場の家に飾られた乳牛デセールの額（中下）昔の校舎を再現した図書室前で長人さん〈左側〉と菅原先生（左）製乳所だった蘇武省吾さん宅には鶯沢酪農組合の殺菌室が残る

書棚から 3

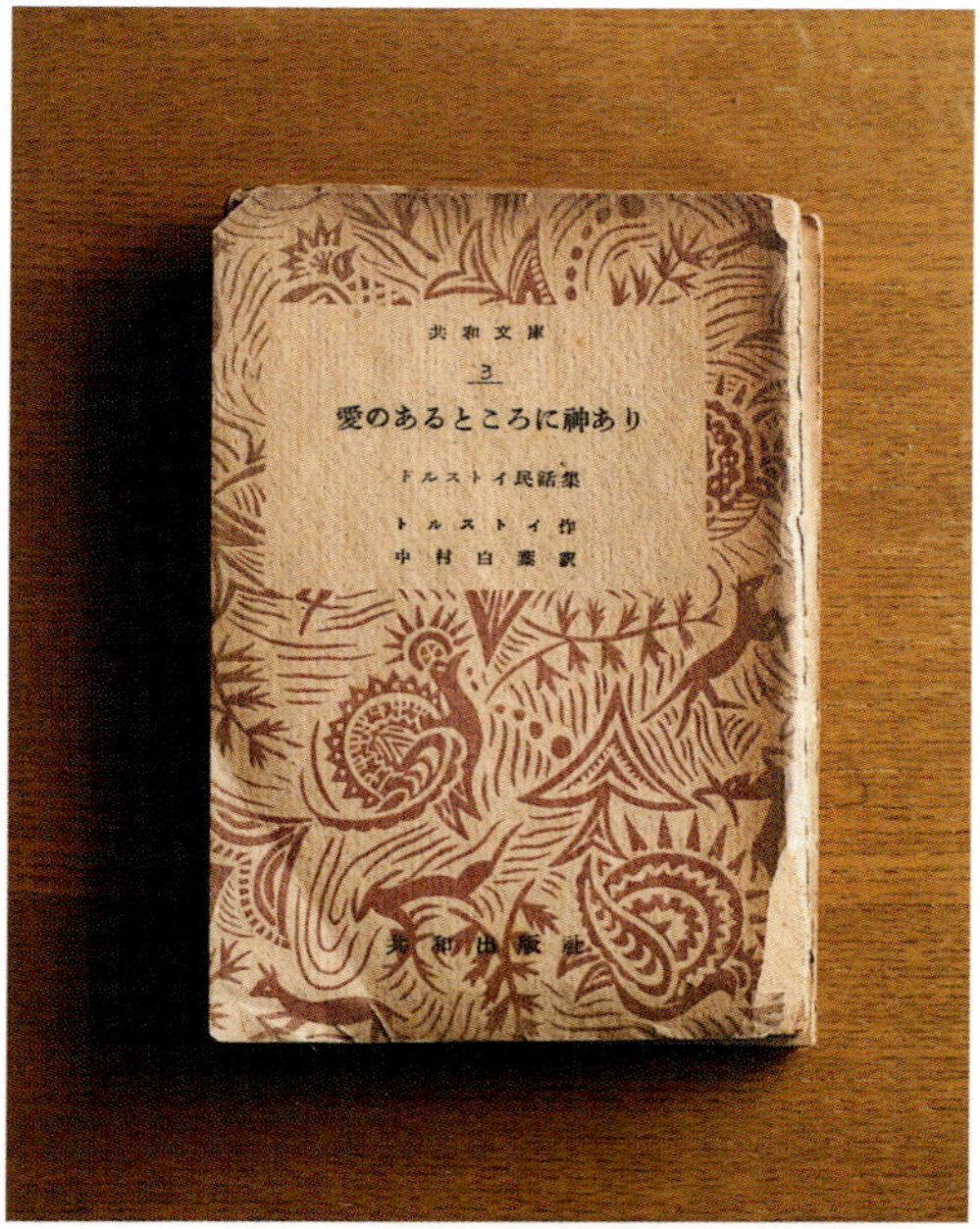

トルストイ民話集

表紙は手ずれして変色し、背表紙ははずれて、ばらばらに解体した一冊の文庫本。トルストイが晩年に書いた、「人はなんで生きるか」を説いた民話集である。

児童図書館を巡る海外留学から戻った石井は、まず自分で始められることから、と、農業生活を送った宮城県鶯沢の小学校五年生の子どもたちに読み聞かせを始める。

週に一度、最初は十分のお話にも集中できなかった子どもたちが、卒業する頃にはトルストイを二時間続けて聞きたがるまでに成長したことに、石井は大きな喜びを感じている。そして、彼らの卒業式に招待された石井は、「その一人一人の胸に、『人は何で生きるか』という、あの二時間ぶっ通しで読んだ、トルストイのお話の題を、小さいメダルに書いて、さげてやりたい思いが、私のなかにふつふつと湧いていました。」と書いている。

トルストイの民話は、その後自宅に開いたかつら文庫でも読み聞かせによく用いていた。トルストイの、深い信仰心に基づく人間の本質への信頼と愛を、石井もまた信じ、子どもたちに読み聞かせを通して伝えたかったのだろう。

使いこまれた本は、そのまま書棚に、他の文庫本と一緒に並んでいた。

「山は静かでいい」。ノンちゃん牧場と呼ばれた農場には、今はひとり暮らす狩野やゑ子さんの丹精した稲が実っていた

海外留学
1954-1955

かってあったいいことは、
どこかで生きつづける

アメリカの憂鬱『児童文学の旅』1981

留学して半年、ピッツバーグでエリザベス・ネズビットの児童文学集中講義を聴講していた頃。おしゃれな石井らしく、手には暖かそうなマフ?

戦後、宮城での農業生活を経て、岩波書店に入社した石井は、「岩波少年文庫」と「岩波の子どもの本」を編集し、心から楽しめる本に飢えていた子どもたちに大きな喜びを与える。しかし石井自身は、日々量産され消費されていく本を前に、「子どもの文学というものについても、自分の編集者としての資格についても疑問を感じはじめ、いつか立ちどまって考えたい」と思い始めていた。

一九五四（昭和29）年、岩波書店を退社した石井は、ロックフェラー財団の研究員として、一年間の海外留学に出る。アメリカ、カナダ、そしてヨーロッパの児童図書館と子どもの本の現状を見学する旅は、その後の活動の方向性を決める、重要な旅となった。

アメリカでは、戦前から交流のあった児童書の評論雑誌『ホーン・ブック』の編集者だったミラー夫人の案内のもと、各地の図書館を見て回り、公共図書館の果たしている役割とその充実ぶり、そこで働く図書館員の見識の高さに驚かされ、また、ニューヨークでは、アメリカの児童図書館のパイオニアである八十二歳のミス・ムーアと会い、年齢を超えた親交を結んでいる。

カナダでは、トロント公共図書館の児童部を発展させた「少年少女の家」の生みの親であり、『児童文学論』を著したリリアン・スミスを訪ね、彼女の後継者たちとも親しくなる。彼らは、子どもの本を勉強しに来た未知の日本人を暖かく迎え、きょうだいのように接し、心から励ましてくれた。このことに石井は深く感謝し、後々まで交友関係を続けている。その後アメリカに戻り、さらにドイツ、フランスなどを巡った後、翌五五年に帰国した。

石井はこの一年の留学で、子どもたちによりよい本を渡す環境を自力で作り上げた先達たちに出会い、子どもの本作りに対してもっていた不安を解消し、自分にできるところから始めればよいと確信したことが、いちばんの収穫であっただろう。そして、「モモコ、信じること、それがだいじなんだよ」と言ってくれたスミス女史のように、海を隔てて同じ志をもつ人々の心あることばが、その後の活動の支えだったことはまちがいない。のちに石井は「私にあのとき、一年間の外国での勉強期間がなかったら、子どもの本が、今もよくわからないでいたんじゃないかと思うくらいです」と述懐している。

こうして、石井は自らその先達として、日本の児童文学界の変革と発展に大きく寄与していくことになる。

石井の海外への旅は、この留学を皮切りにその後も続く。六一年にはアメリカ、カナダ、イギリスを回り、友人たちに再会し、作家バージニア・リー・バートンやエリナー・ファージョンの家も訪問している。また、七二年にはイギリスの湖水地方とサセックス地方へ、ビアトリクス・ポターとファージョンの足跡をたどって旅している。

日本では多忙を極める石井も、外国の片隅でひとりになると、土地の自然に触れ、愉快な事件に遭い、思考をめぐらせ、束の間の休息を満喫していた。

石井桃子が出会った人々とことば……2

アメリカ、カナダ、イギリスをめぐる児童文学の旅は、石井桃子にとって、自らの仕事の支えとなる人々と、ことばとの出会いでもあった

「では、私のことも、バーサとよばなくては。」

―バーサ・マホーニー・ミラー―

ムーアさん（中央）とチミノさん

ミラー夫人は、アメリカの児童書評論誌『ホーン・ブック』を作り、児童書の価値向上に寄与した開拓期の編集者である。石井とは戦前から手紙のやりとりがあり、留学の際も綿密な計画を練って自ら案内し、休暇には友人として自宅に招待してくれた。真面目な夫人は別れ際に石井を抱きしめ、「私はデモンストラティヴな人間じゃないのよ」とはにかんだというが、常に親身だった夫人を石井はどんなにか頼りにしていたことだろう。

花ざかりの庭のミラー夫人

「おまえさんには、したいことがわかっているんだから、思うとおり、やったり、やったり。」

―アン・キャロル・ムーア―

ムーアさんはアメリカの児童図書館員の草分けとしてその礎を築いた人物で、留学中の石井が会ったときには82歳、すでに大御所的存在であった。にもかかわらず、ムーアさんは「妖精じみた、かわいい感じがする」人で、「目がいたずらっ子のようにキラキラして」いた。日本から勉強しに来た石井を手厚く遇し、「子どものための仕事は、威厳をもってやりたいもんだ」といった深みのあることばと、底抜けの善意が、石井に強い印象を与えた。

「モモコ、信じること、それがだいじなんだよ。」

―リリアン・H・スミス―

スミス女史はカナダのトロント公共図書館に一から児童部を作り上げ、その後も児童文学界の指導者として活動し、その経験をもとに名著『児童文学論』を著した人である。石井は師のひとりとして敬愛し、長い親交のなかで「ある本にクリエイティヴなものがあるとき、その本は、ほんとうの『本』になるのだとおっしゃいましたね。そして、創造性と真実をもった本を識別し、それを次の代に手渡すのが図書館の役目だって」と問いかけ、上記のことばをもらっている。石井は本のもつ力を信じることを、スミス女史から学んだ。

庭を散策するスミス女史（手前）

トムソンさんら図書館員と

「あなたの英語には一種のケイデンスがあるのよ。」

――ジーン・トムソン――

トムソンさんはトロント公共図書館の児童図書館員で、石井に「きょうだいのように」接してくれたひとりである。ケイデンスとは「ある詩人に特有なリズムなどという意味」で、あなたといると気が休まるとトムソンさんに言われた石井は、英語を思うように操れない自分が慎ましく話していたせいだろうと謙遜しているが、仕事とは別に、ふたりは心が通い合うところがあったのだろう。彼女が病にたおれたのちも訪問し、ともに時を過ごした。

「二人でマウント・ケーバーンにのぼって、エルシー・ピドックに会うのもたのしいではないか。」

――アイリーン・コルウェル――

イギリスの児童図書館員であり、お話の大家であったコルウェルさんにはトロントでの「お話大会」で出会い、彼女のお話を聞いて石井は、「お話は美しい」という気持ちを強く抱くようになった。イギリス人特有の生真面目さとおかしみのあるコルウェルさんとは気が合い、ファージョンの足跡をふたりで訪ねた旅の記録は、ほのぼのと味わい深い。石井が訳した彼女の『子どもと本の世界に生きて』は、児童図書館員の必読書でもある。

サセックスでのコルウェルさん

ファージョン家は夜に訪問した

「私の想像したとおりだった。どう、私は？」

――エリナー・ファージョン――

石井が好んで訳した作家のひとりにファージョンが挙げられるが、彼女には、コルウェルさんを仲立ちに、生前一度だけ会っている。多くの苦難を乗り越えながら人生をたのしんでいるようにみえる作家を前にして「そう語る彼女は、植物を愛するひとが、つぎの年の自分がどうなるかを考えずに、新しく種をまいているのに似ていた」と表現している。作家本人と会って話すことで得るものは、石井にとってもやはり大きかった。

「かつてあったいいことは、どこかで生きつづける。」

――ヘレン・マストン――

ヘレン・マストン、マリア・チミノ、マーシャ・ブラウンは留学時にニューヨークで会い、親しくなった図書館員だが、のちに再訪した際に、石井はアメリカの児童書出版が過渡期に来ていることを感じる。将来を案じる石井に対し、彼らは自分たちは最善を尽くした、後のことはわからないとあっさり答える。その潔い姿勢に石井は驚き、かつ学んだ。「かつてあったいいことは、どこかで生きつづける」と信じて進むことが大切だということを。

アメリカ留学時の石井

各コメントすべて『児童文学の旅』1981より

石井桃子の旅と人

作家の印象記

作家の足跡を訪ね、土地の空気に触れ、同じ道を歩いて、なにかを感じることは、翻訳家石井桃子にとって、旅の大きな目的のひとつであった

美しい秋の一日

バージニア・リー・バートン訪問
1961年

私の興味をひいたのは、その机の上にならんでいたいくつかの絵だった。かの女は、その三つほどをとって、私に見せてくれた。図柄は、どれもおなじで、丘の上から太陽が出ようとしているところ。どれも、つぎに出る絵本「生命の話」のタイトルページなのだが、一つは、太陽が大きすぎ、一つは小さすぎ、これで何度かかきなおしているのだと、かの女は言った。

それから、かの女は、わきにたたんであった「生命の話」の絵を全部、つぎつぎに見せながら、説明してくれたが、それは、アメーバから現在の人間にいたるまでの生命の躍動を、わかりよく絵にあらわそうとしたものだった。自分は、この絵本に六年かかってしまったと、かの女は笑って言った。

かの女の勉強机の前の窓の下には、かの女がこの絵本に登場させるために、その動きを観察したヒツジが何匹か、草を食べていた。それは素朴な美しいながめで、ここで絵をかいていると、人間はだいじにしあわなくてはならないのだということが、いよいよ強く感じられて、その気もちをいっしょうけんめい絵にもろうとしたと、かの女は言った。

ニア・ソーリーまいり

1972年

「いいお天気」だったのは、最初の一日だけで、あとの日々、私は寒さにふるえた。しかし、まわりのイギリス人たちは、それをさほど、悪いお天気とは思わないらしかった。唯一人、傘をさして、彼女が描いた牧場のあいだのぬかるみの道や街角を歩いたいく日か。そうした時間のあいだに、私は、ポターというひとが、いかに生やさしい人でないかを、しだいに悟ることができるようになったと思った。(中略)彼女は、おのれにきびしい、そしてまた、多様な力の持主だったのだなと、私は、ぬかるみの道を歩きながら、絵本作家であり、農場経営者であったポターのことを考えた。

美しい秋の一日『こどものとも』綴じ込み 1962
ニア・ソーリーまいり『月刊絵本』1977

ファージョンのサセックスへ

1972年

私は、その日、二人で歩いた小道で見た野草の中でも、一ばん平凡で、一ばんかれんだったキンポウゲの花を二本摘んで、ハンドバッグの中の手帳にはさんだ。コルウェルさんは、その花をあごの下でくるくるまわして見せて、小さいとき、そうやって、その子がバターが好きかどうか——キンポウゲは、英語でバターカップというから——を占う遊びをしたと話してくれた。その遊びは、そっくり、ファージョン作『ヒナギク野のマーティン・ピピン』に出てくるのであった。

チャンクトンベリの木の輪

1972年

結局、まん中の二本はわからないまま、私たちは、「輪」の外に出、下界を見おろした。晴れた日には、サセックスじゅうが見わたせるというこの頂きから、若い王さまは下界を見おろし、「おお、美わしの大地よ！」と叫んで、この世への執着と聖なる職につくべきか否かの問題で、心をひきさかれるのだが、きょう見えるのは、足下の森と牧場、灰色と赤い車が小さく見えるあたりまでで、あとは霧に浮き沈むみどりの世界だった。「輪」のまわりをまわりながら——（中略）——コルウェルさんは灰色の光の中で、「輪」と下界を見おろす私の姿を写してくれ、そのあとで、私たちは下山した。

イギリス初夏の旅一九七二『児童文学の旅』1981

石井桃子の旅と人

旅のかけら

行く先々で親しい人々に会い、新しい出来事に遭い、石井桃子はひとりで旅を楽しんでいた

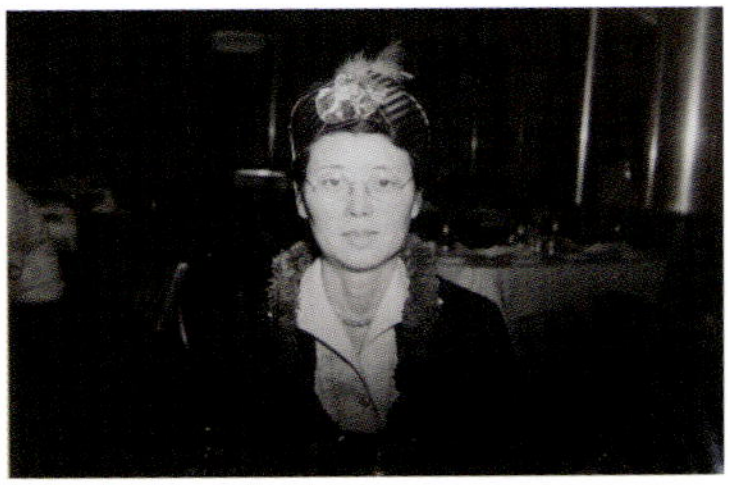

留学時に乗った客船、プレジデント・ウィルソン号でのスナップ。1954年当時は、横浜港からサンフランシスコまで、13日間の船旅であった

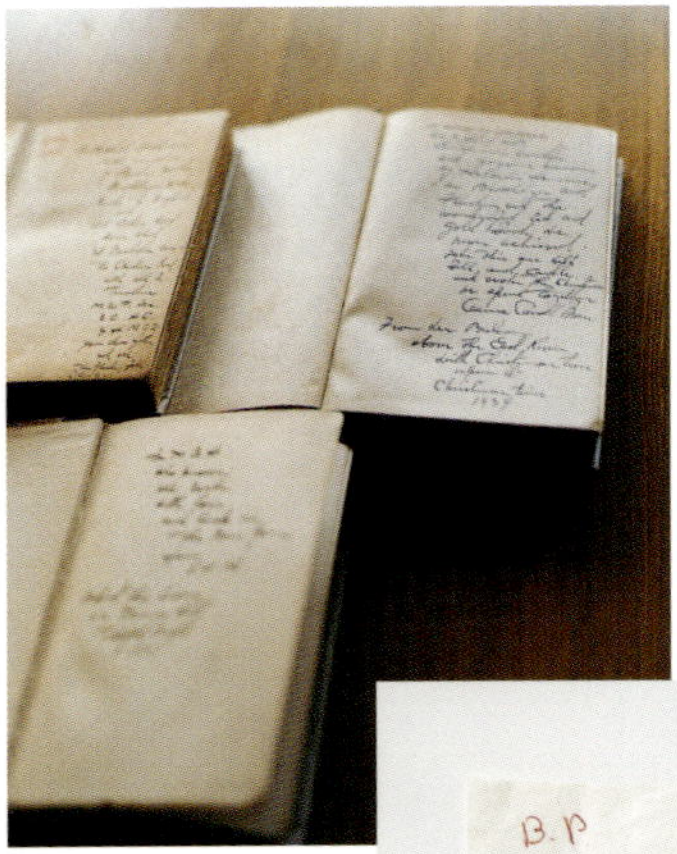

L.H.スミス、A.C.ムーア、B.M.ミラー……石井が持参して書いてもらったのか、それとも彼らが自著にサインして贈ったのか。石井への献辞が綴られた本が書棚に眠っていた

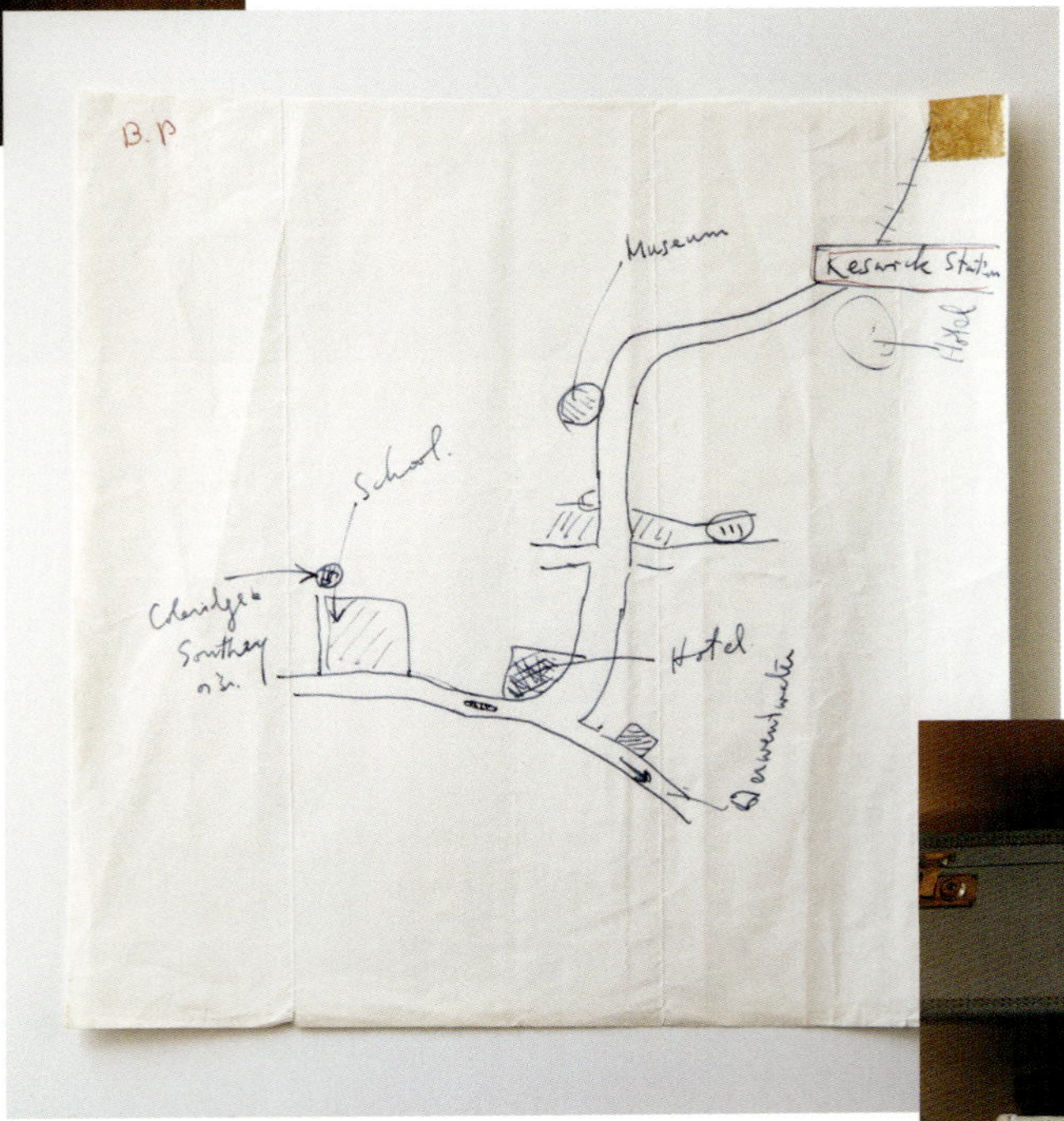

旅行中のメモ。石井は英語と日本語のちゃんぽんで書いた走り書きを後で判読できなかったと嘆いていたが、この地図はよくわかる。誰かに道を尋ねて教えてもらったのだろうか

トランクはいずれも巨大かつ堅牢で、小柄な石井ひとりではとても持ち歩けそうもない。几帳面な性格ゆえ中身もさぞ整然としていたことだろう。M.ISHIIの名が刻印されていた

イギリスから、かつら文庫の子どもたちに向けて書いた絵はがき。裏の絵は『ピーターラビット』のあひるのジマイマ。「みんな元気で、本を読んでいてください」とあった

留学にはキヤノンのカメラを持参した。この日は展望台に上がったのか、マンハッタン島の澄んだ眺め。もう一枚、はるかな展望に見入るふたりの女性の姿の入った写真もあった

動物好きの石井は、外国に行っても動物たちとすぐ友だちになったようだ。どこの国かは不明だが、心許す子馬と石井の嬉しそうなようすは、他ではみられない表情だ

ニューヨークの街角でのスナップ。まるで石井の訳す外国の物語の挿絵に出てきそうな紳士。石井の写真には、市井の人々のさりげない日常を写したものが多い

アメリカでお世話になったムーアさんからのカード。石井は彼女との別れ際、「あなたは、私に、むかしおき忘れてきたものを、思いださせてくれた」と感謝した

チャンクトンベリの木の輪(P83参照)。好きな作家の好きな場面を実際に目にすることは、愛読者にとっては大きな喜びだが、ファージョンを好んだ石井も嬉しかったにちがいない

友人コルウェルさんの運転でサセックス地方を巡ったときは、昔ふうの民家に加えて、咲きこぼれる花垣をさかんに撮影している。こんなところも花の好きな石井らしい

エッセイ

友だち（抄）

あたりには、少しずつあいだをおいて、ずっと家がならんでいましたが、どの家も静かでした。Mさんの家とおなじように、なごやかな集まりをたのしんでいたのでしょう。

午後は、近くの森に散歩に出かけたりして、私が、ご主人のMさんの自動車——これは、さすがに、大きい、ピカピカなものでした——で、バスの停留場に送ってもらったころには、もうあたりは暗くなっていました。だれもいない、しんかんとした、木かげの停留場で、その老人とふたりで、星をいただいて、バスを待っていた時、私はふしぎな気もちになりました。日本をたつ時の、不安な気もちは、ひとっかけも、私の心のなかにないのです。私は、地球上で日本とは背なかあわせの大陸の、人かげもない林の中の道に立っていながら、さびしくもなんともないのです。私は、その時、ごく自然な気もちで、自分の感じをMさんに話しました。

「石井さん、だれでも、いま、その人の立っているところが、世界の中心なんですよ」

と、Mさんはいいました。

私は、小さい時、おとなのなかにあると思った、重石が、このことばのなかにあるように思いました。

「きょうは、ほんとにありがとうございました」

と、心からいって、私は、バスにのりました。人間は、ひとりひとりが、世界の中心なんだ、そして、そこにしっかり立って、まわりの人と手をくめばいいんだ、もたれかかってはいけない、あまえれば、くるしくなる……こんなことを考えながら、私は雑踏のニューヨークにもどってきました。

旅のゆくさきざきで、私はいいお友だちを発見しました。なかには、名を知らない人もいます。けれども、その人たちも、私が生きてゆくうえに、手をかしてくれた人びとです。一年の旅は、私に大きなことを教えてくれました。

イギリスの湖水地方には小さな湖が無数に点在し、それぞれに静かに永遠のときを刻んでいる。石井がひとりたたずんだのもそのひとつだった

子ども文庫とともに

1958-1997

かつら文庫で子どもたちに本を読む石井桃子。左隣の女の子はエッセイストの阿川佐和子さん。兄の尚之さんと一緒に通っていた

つみ重ねのないところに、
いいものは生まれない

『子どもの図書館』1965

一年間、海外の児童図書館を巡って、子どもの本について学んだ石井は、帰国後、その意欲的な活動と業績を伝えるが、旧態依然の日本の図書館や出版界にはなかなか受け入れてもらえない。そこで石井はできる範囲で現状を変えようと行動を始める。まず、同じ志をもつ仲間と「子どもの本の研究会」（通称ＩＳＵＭＩ会）を月に一度開く一方で、子どもたちの反応を知るために、旧知の宮城県鷺沢の小学校に頼んで、週に一度五年生のクラスへ読み聞かせに行き、三年後には荻窪の自宅で週末に家庭文庫を開くことを決意する。

この家庭文庫の考えは、戦前「白林少年館」と称して、犬養邸の一角で小さな児童図書室兼出版社を立ち上げたときに一度実行に移されている。しかしこのときは、戦局の悪化もあって閉鎖せざるを得なかった。今度はすでに家庭文庫を始めていた村岡花子、土屋滋子らと「家庭文庫研究会」を立ち上げ、その力を借りながら、自宅の一階を改築、かつら文庫を開く。

文庫を開いた理由を、石井は、「そもそも、私が、どうして子どもの図書室などをはじめたかといえば、それまで私自身、『児童文学』といわれるものを書こうとしたり、訳したり、子どもの本の編集をしたりしながら、直接、それを読むじっさいの子どもとの交渉が少なかったため、仕事に支障をきたすことが多かったのです。これは具体的にいえば、子どもがどんな本をじっさいに喜ぶか、どんなことが、どんなふうに書いてあれば、子どもにおもしろいかということがわかっていないため、いい本がつくれないということです。」と綴っているが、「子どもに学ぶ」というその手法は、海外の児童図書館員たちから何度も聞かされた、「子どもは、けっきょく、いいものは、わかるんです」という子どもに対する信頼感からくるものであった。

石井にとってかつら文庫は、どうすれば子どもが喜ぶ本を作れるかを調べる場所であり目的であったが、と同時に、子どもの図書室を開きたいという長年の夢の実現でもあった。その大もととなったのは、小学校時代に教室に設置された学級文庫であり、めくるめく本の世界に没頭した自分自身の忘れがたい体験を、子どもたちに味わってもらいたいという思いであった。

こうして開かれたかつら文庫での七年間の記録は、『子どもの図書館』という書になって、家庭文庫ブームに火をつけ、一大ムーブメントへと発展してゆく。しかし石井本人は、家庭文庫を推奨したわけではなく、あくまで公立図書館の役割を論じていたため、文庫の乱立と素人経営の困難を増長させたことを憂えている。とはいえ、文庫活動も含め、石井のひとつひとつの行動が、人々を動かし、子どもの本に対する意識を変え、公共図書館の取り組みを変えていったことは確かである。

かつら文庫は、のちに松岡享子の松の実文庫、土屋滋子のふたつの土屋児童文庫と合流し、公益財団法人東京子ども図書館として、今もその活動を引き継ぎ、発展している。

「むずかしく考えることはない。本と人があれば、いい図書館はできる、ガラスばりの建物やお子さま椅子はなくてもいいのだ。」と、はげましてくれた児童図書館員の先達たちが、いく人かいました。＊1

クリスマス会、大人気の人形芝居

文庫びらきの日の記念撮影

初代文庫のおねえさん岸田節子さん作の蔵書印

お手製の文庫びらきの立て札

こう言うことは、べつに肩ひじをはってやるべきことではなく、子どものためのすべての仕事がそれであるように、ゆたかな気もちでやってゆきたいものだと、私はいつも考えています。＊3

いち早く来て本を探す子

ときには絵本の読み聞かせも

舞台裏の大人たち。石井は台本読み

子どもにとって、たのしみは、絶対に必要なものです。自分たちだけの世界にはいりこみ、自由な想像力を羽ばたかせ、好奇心を満足させることは、子どもが伸びるために、ぜひ必要な条件です。＊2

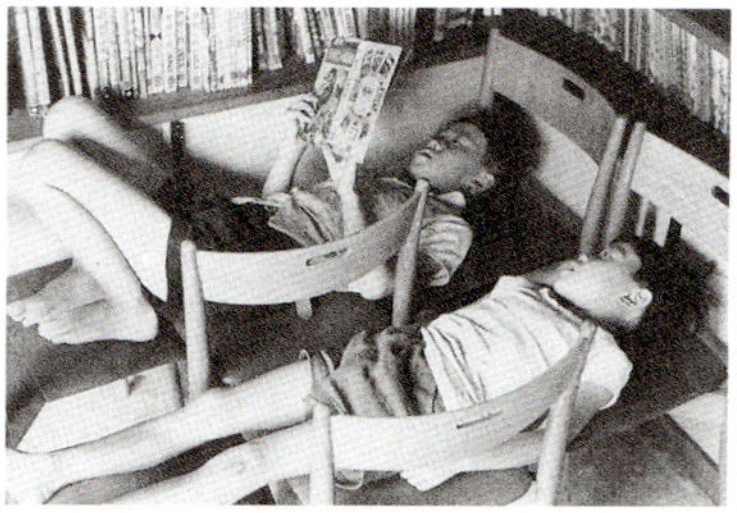
椅子に寝ころぶ朗読者と聞き手

＊1児童図書館の条件『土』1959　＊2たいせつな児童図書館『ひびや』1967　＊3たのしい図書室『ひびや』1958

一つの本がある時代の子どもに読まれて、また20年、30年たってからの子どもに愛読されるということは、どういうことだろうか。それは、その本が、一つの時代の子どもの求めるものではなく、いつの時代の子どもにも訴えかけるものをもっているということである。つまり、そうした本は、子ども自身が、自分では答えてくれない秘密、子どもの求めるものは、こういうものですよという答案を、私たちに示してくれていることになる。

こうして、つぎつぎにつみ重ねられていく子どもの本は、その国の子どもの精神構造の骨になるのだといっても、大げさすぎはしないだろう。おばあさんの親しんだ歌のことばを、孫も知っている。母親の知っているお話の主人公は、子どもも知っている。こういうことがなくて、一つの国の伝統や文化があるのだろうか。

そして、こうした広い範囲の精神的な財産のうけわたしは、公共の児童図書館なしには、けっしておこなわれない。

余録

文庫の思い出

子どもの頃、私は地域の小学校ではなく、バスと電車を乗り継いで遠くの学校に通っていたので、近所に友だちはなく、きょうだいたちも忙しく、家に帰るといつもひとりで本を読んでいた。そして日曜日の午後は、自転車に乗って、近くのマンションの一室にあるたけのこ文庫へ通った。

そのマンションは、チョコレート色の外壁が高級感を醸す大きなマンションで、Kハイツといった。私は、高い塀がとぎれる裏門まで行って自転車を停め、マンションの一隅に入る。そこは竹藪に囲まれた離れのような一室で、テラスから直接部屋に入れるようになっていた。靴を脱いで上がったすぐに受付があり、おねえさんが座っている。

こんにちはと言って中へ入ると、正面の壁全部が天井近くまである本棚で、左側の窓の下には子どもの背くらいの本棚をしつらえてあった。おねえさんのいる部屋にも絵本の入った背の低い本棚がある。床には絨毯が敷いてあり、知らない子どもたちが思い思いに本を開いて読んでいる。私は黙って本棚に近寄り、今日借りたい本を探す。家にはない本で、自分の好みに合う、よさそうなものを探していたように思う。今でも覚えているお気に入りは、『らいおんみどりの日ようび』と『木かげの家の小人たち』、それから『だいふくもち』という絵本であった。『エルマーのぼうけん』も好きだった記憶がある。

文庫には椅子はなく、本棚に寄りかかって読む。部屋のまんなかで読んでもいいのだが、私は隅の方へ行って、ひとりで読書を楽しんでいた。窓からは、いつも竹藪越しに明るい日ざしが入ってきていた。

私は学校にいるときはものおじしない、明るい子であったが、ひとりのときは人見知りで用心深く、無口な子どもであったから、そこで新しく近所の友だちを作ろうなどという気はさらさらなかった。ただ、ひとりでそっと行って、短い絵本はその場で読み、長い物語は借りて、また自転車をこいで帰り、家で読んだ。私にとって文庫は、本という友だちのいる場所だった。

本棚の部屋の奥には小部屋があり、他の子どもたちと一緒におはなしを聞いたこともある。聞くときは、昼間からカーテンを引いてまっ暗にし、ろうそくの光だけで聞いたように思う。どんな話を聞いたかはまったく覚えていないが、暗がりのなかのろうそくの明るさだけは覚えている。おはなしが終わると、本棚の部屋に戻るのだが、穴蔵のような暗がりから、まぶしい日の光のなかに出てくると、空想から現実の世界に帰ってきたようで、ほっとした気分であった。

今にして思うと、ほとんど口を利かない、小さかった私を、文庫の大人たちは黙って見守ってくれていたのだろう。文庫では誰にも話しかけられなかったし、誰にも邪魔されなかったし、どの本を読もうとも、誰にもなにも言われなかった。学校の図書室や大人の図書館と同じように私を扱ってくれた。私はそれが当然だと思っていたし、その空間に、家で本を読んでいるときと同じような安らぎも感じていた。

大人になった今は、本の世界だけではなくなったが、私は今でも、日常と、日常とは違う別世界とを、自由に行き来するのが好きである。そしてそれは案外簡単なことだと、子どもの頃から知っていた。その世界は心安く、たいへん静かで、ふかぶかと心地よい。たけのこ文庫はその入口のひとつであった。

（若菜）

コラム

子どもと子どもの本について

さて、この九年間、子どもたちが本を読んで喜んだり、喜ばなかったりするところを見て考えさせられたことは、子どもが読んでおもしろく、おとなにも——ただし、このおとなは、心を開いた、しなびていないおとなでなければならない——おもしろいのは、児童文学といっていいらしく、子どもだけがおもしろがって、おとなにはおもしろくないのは、ちょっと警戒してよく——これは、文学でない場合がしばしばあるから——おとなにおもしろくて、子どもにおもしろくないのは、文学かもしれないが、児童文学ではないだろうということだった。*1

たとえば、子どもに十五分の話を読んで聞かせる場合でも、その本が子どもに働きかける力のある時には、一本のツナが、読み手と聞き手のあいだにぴんと張られたような緊張感が読み手に伝わってくる。それに反して、子どもがついてこない場合には、両者のあいだには、寒ざむとしたすきま風が吹いて通る。*2

「その子は、しあわせだった」では、通じないのです。やはり、その子（または動物であれ、何であれ、その話の主人公）は、どういうところに住んでいたか、だれと暮らしていたか、何をもっていたか、どういう友だちがあったか、そういう事や物で、その「しあわせ」の程度、実体をあらわさなければなりません。しかも、その事や物は、その年代の子どもが、一ばん重要と思う事や物でなければなりません。ちょっと考えただけでも、これはたいへんな仕事だということがわかります。*3

しかし、考えてみると、友だちにしても、私たちは、ほんとに仲よくなれる人にぶつかるまで、大ぜいの人たちと接触するのではないでしょうか。子どもと本との関係も、それとおなじと考えてよいでしょう。*4

そして何よりも羨しく思ったのは、何度も聞かされたことですが、「子どもは、けっきょく、いいものは、わかるんです」という児童図書館員が子どもたちにもっている信頼感でした。*5

子どもたちは、おとなのもってないものをもって生まれてきています。すいとり紙のような吸収力のある感覚や、記憶力や、ゆたかな音感や、めざましい想像力や好奇心です。しかし、これは、子どもが無意識にもっている力で、それを育てて方向づけてやらないうちに、ある年になってしまうと、それはだんだんにねむって、きえてしまいます。*6

相手の子どもが小さいといって、子どもをばかにはできないのです。子どもは、私たちより感覚的には鋭いし、ふしぎな国へ自由にはいっていかれるのです。*7

できるだけ美しいもの、すばらしいものを子どものまわりにころがしておくことが必要です。*8

おとなになっても残っている話は、文学的に価値があり、その人の人生を豊かにします。*8

子ども相手の仕事は、一つところでじっくり腰をすえてやらないと、なかなか子どもを理解するところまでこぎつけないものです。おとなは、もう子どもではないからです。*9

百のお説教よりも、一つの事件が、子どもたちには、いいのであり、けっきょく、その満足感が、かれらの育っていくために必要な糧なのでしょう。*10

子どもは、おさないうちに、たやすく興味にかられて本の世界にはいりこんでしまわないと、年がいってしまってからでは、読書がめんどうな、いやなことになってしまうからである。*11

*1〝リアリズム〟の大切さ『読書人』1965　*2おはなしと絵本の効用『日本読書新聞』1961　*3『子どもの図書館』1965　*4ちかごろの子どもの本『朝日新聞』1961　*5アメリカの子ども図書館『BOOKS』1956　*6子どもと一しょに本を読む『図書』1956　*7幼児のためのお話『子どもの館』1975　*8幼児とおはなし『幼児教育』1963　*9たいせつな児童図書館『ひびや』1967　*10児童文学と子供の倫理『教育研究』1956　*11児童図書館への願い『図書館雑誌』1964　*12テレビでは代用できない『こどものとも』付録　1983　*13はじめに魔法の森ありき『ユリイカ』2004　*14子どもの本のあいだでさまよう『文藝』春季号　1996　*15作家を訪ねて『ユリイカ』絵本の世界　2002　*16新教育の森　学校と私『毎日新聞』2001　*17明治人からの〝遺言〟『文藝春秋』1996

子どもというものは、いつの時代でも、生来の好奇心や想像力を働かせて、一歩一歩、自分のまわりの現実を確めながら、経験をたくわえ、その途中で考える力や、判断力を養い、やがておとなになってゆきます。これからの世の中に対処してゆくには、持続して問題をつきつめる思考力、また抽象的な思考力が必要でしょう。こういう力を養ってゆくには、テレビやラジオにもまして、文字の力が大きいことは、だれが考えてもわかります。*9

テレビだけで育つと、子どもは自分ではいっていかれる、もっともっと充実した、静かだけれど強い喜びというものを知らないでしまうのではないかと思うんです。*12

大人が外側から子どもを見て考えたことと、子どもが実際感じたことが、こんなに離れているっていうことがあり得るってことを、私は非常に興味ふかく感じるんです。*13

子どもたちの心は、大きな部分、大人にとっては密室である。*14

子どもの本は、つくられるというよりも、幼児と共に（自分のなかの幼児でもいい）何事かにぶつかり、共に喜んだり、悲しんだりしたとき、生まれてくるように、私には思われる。*14

子どものものを書く前に、成熟した大人の文学の技術を学んでなくちゃいけないと思うんです。それで子どもを相手にしたとき、どういうものができるかっていうことだと思うんです。日本では、そういう技術を持って、なおかつ子どもの心を持ってる人が少ないんですね。*15

長く読まれているものは、大人にも子供にも何が大事かという価値の問題を作者が具体的につかんで書いているからだと思います。*16

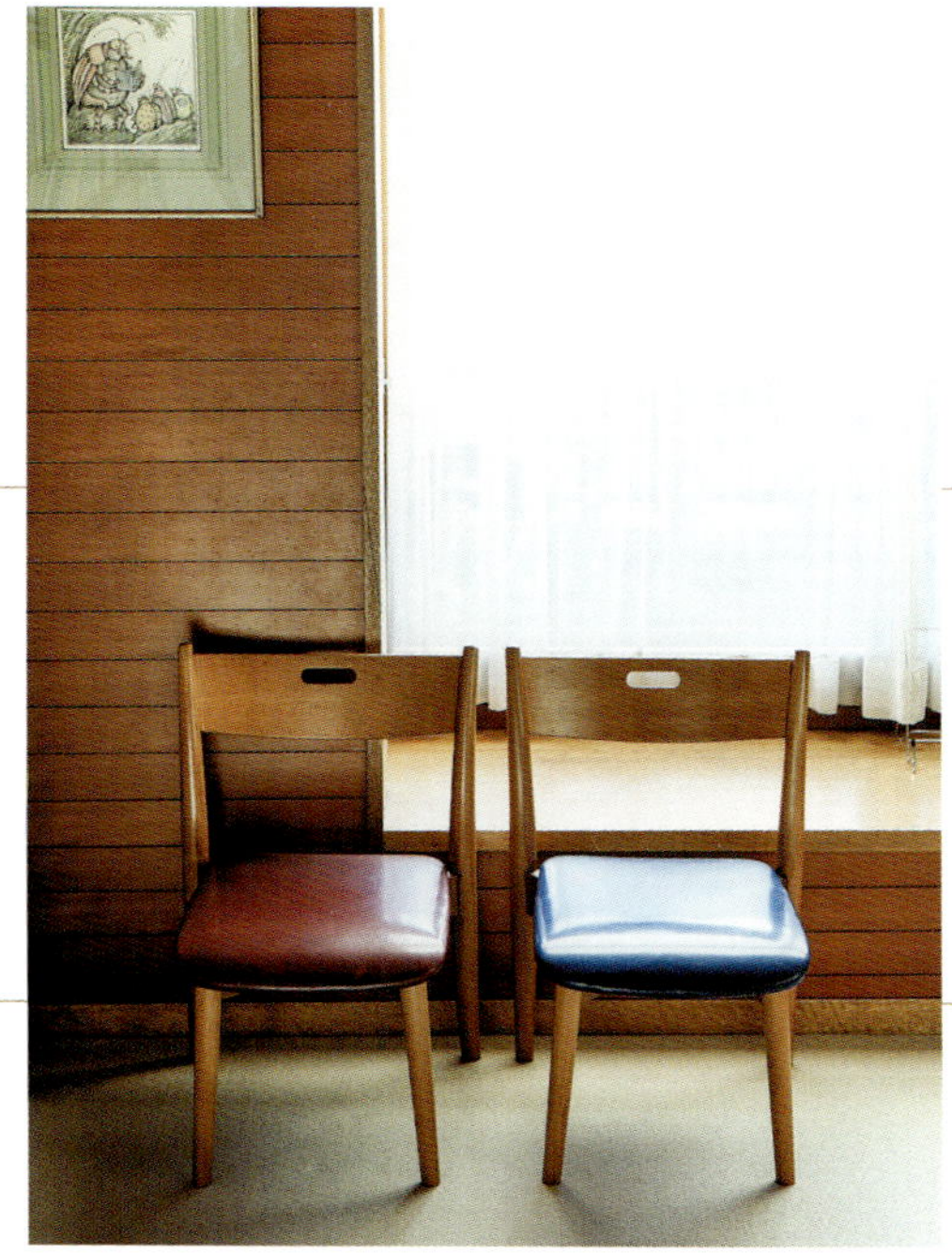

かつら文庫では、石井が友人の工業デザイナー剣持勇に作ってもらった椅子が、50年後の今も子どもたちに使われている

子供って同じ話を何度でも喜んで聞くんですね。昔話は何百年と伝わってきた人類の宝物です。*16

私が、五歳で聞いた『舌切り雀』が、どんなにふかく私を動かしたかは、私が知っていますし、少なくとも、私の愛情についての考えの形成に力をかしてくれたと思います。*7

いい本を読んだことが、必ずしも世の中に出て立身出世ということに結びつかないんですけど（笑）、私は、それでいいと思っているんです。子どもの読書はたのしみで、心をふとらせるんです。*17

日本は、まだしなければならないことが、たくさんあります。自分たちの幸福のために働くことも必要ですが、それこそ、図書館どころではない、餓えている人のいる国のためにも、日本の子どもが、人間らしい、他のしあわせをねがう人間になる下地を備えつつ育ってゆけるよう、努力するのが、いまの日本のおとなの責任だと思います。*9

執筆生活
-2008

「子ども相手の仕事の人は明るい色の服を着なくては」と言い、週に一度は美容室に行き、ふだんから身だしなみに気を配っていた

私は、日常茶飯事を超えて、思想とかテーマとかいうものでは書けない人間なんですよ。日常茶飯事こそ人生のうちの大事と思っている人間だものですから

雪が降っているのに、それは暖かい世界でした『文藝』1994

一九七四（昭和49）年、かつら文庫の石井桃子、土屋児童文庫の土屋滋子、松の実文庫の松岡享子が中心となって準備を進めてきた「東京子ども図書館」が、財団法人として認可され、文庫活動の一線から退いた石井は、ふつうの勤めなら定年といわれる年齢になっても、精力的に創作活動を続けた。むしろその頃になってやっと、これまでにやりたかった仕事に手をつけ、邁進しているようにもみえる。

七十三歳で、幼い頃の思い出を綴った『幼ものがたり』、八十六歳で、若くして亡くなった親友との心の交歓を描いた『幻の朱い実』、八十八歳で、アリソン・アトリーの『グレイ・ラビットのおはなし』（中川李枝子と共訳）、九十六歳で、A・A・ミルンの自伝『今からでは遅すぎる』を出版している。

新しい著作ばかりではない。九十五歳のときには、約五十年前に翻訳して「岩波の子どもの本」に収めた『ビロードうさぎ』を全面的に改訳して、新たに出版、九十九歳になっても、いじめ問題を扱った、同シリーズの『百まいのきもの』を『百まいのドレス』と改題、改訳のうえ、再版している。

長年生きていく間に、自分のなかに残った、書きたかったことを書き、好きな作家の翻訳をし、気にかかっていた初期の翻訳作品を手直しして出版し、これまでの作品をまとめた著作集を作り、石井は自分の仕事と人生に対し、悔いのないように生き切っている。そのためには百一年の歳月が必要だったということかもしれない。

晩年は昔話の重要性を説き、人々が言葉によって語り継いできた昔話を多面的に研究することで、人類の進化を読み解きたいと意欲を語っていた。これがわずかにやり残したことといえるだろうか。

石井は長生きの秘訣を人に問われて、「自分を変えないできたことかしら」と答えている。紆余曲折はあったにせよ、あらゆる意味で、石井は自分を変えず、自分を信じ、やるべきことを行い、よいと思う子どもの本を作り続けた。子どもの本は、成熟した大人の技術をもって、なおかつ子どもの心をもっていなければ書けないとも語っていたが、まさにこれなどは、石井自身に当てはまることばであろう。日常的な体験をなによりも重視し、子どもの心をもち続けた石井が、生涯をかけて作った本は、多くの子どもたちに愛され、「いしいももこの名前のついた本はおもしろい」という、最大級の讃辞につながった。

毎朝決まった時間に起き、毎日決まったただけの仕事をこなし、毎晩決まった時間に寝る。無駄を嫌い、常に手を動かし、時計のように正確だったという、几帳面で規則正しい生活も、心身ともに石井を支えていた。そうした百一年間の毎日のたゆみない歩みが、日本の子どもの本における偉大な業績を作り上げたのである。

二〇〇八（平成20）年四月二日、早春三月生まれの石井は、百一歳を迎えた一月後、春たけなわにその生涯を閉じた。

石井先生の一日 in 追分

石井先生は毎年夏になると、軽井沢の追分にある山の家へ仕事をもって出かけた。夏の間だけ身の回りのお世話をしていた西村素さん曰く「時計のように正確だった」先生の、勤勉にして余裕ある暮らしぶりをご紹介

6:00 起床

夏でも追分の朝は肌寒いので、私が犬の散歩に行って七時前に帰ってくると、猪谷式の新ストーブが毎朝必ずついていました。私は最初つけ方がよくわからなくて、適当にやっていたら、「素さん、新聞はまっすぐこう割くんです」と教えて下さったこともありました。

7:00 朝食 掃除

食堂でパンの朝ごはんを食べたら、お掃除をします。日本手ぬぐいを姉様かぶりして、サロンエプロンをして、ご自分で絹を裂いて作ったはたきと、渋紙を張ったちりとりと、座敷箒で、蚊が入るのもおかまいなしに（笑）網戸を全部開けて、ご自分の部屋と、和室とを毎日掃除なさいます。

8:00 新聞取り

掃除が終わると、きれいにお化粧して、「では、いってまいります」とおっしゃって、新聞屋さんに取っておいてもらった新聞を、通りまで歩いて取りに行かれます。帰りには、バケツに入れて一本いくらで売っているような、畑のトウモロコシを買ってきて下さることもありました。

9:00 仕事

新聞取りから戻られると、12時までお仕事。機械のように。

先生がすぐそばで掃除をされても、犬たちは平気で寝ていました。「働かないのはマリとプリンだけね」と笑っていらっしゃいました

戦後ララ物資でアメリカのヘレンさんからもらったアルミのお鍋を大事に使ってらしたので、私もこれでお料理していました

中川李枝子さんがいらしているときは、新聞取りもご一緒に。小さな花を摘んだりして楽しんでいらっしゃいました

朝、先生の部屋からラジオが聞こえると、マリは扉をガリガリして、開けて開けてと催促

先生は庭のダンコウバイがお好きでした。秋には真っ黄色に黄葉して、それはみごとなんです

散歩はいつもお気に入りの麦わら帽子をかぶって。犬が走り回れる大学のセミナーハウスのグラウンドに行くこともありました

犬は先生の部屋に入らないようにしつけてあったんですが、東京へ帰る前になると、なぜか先生の前に座っていました

台風などで停電したときは「これをお使いなさい」と、お手製のおしゃもじのろうそく立てが出てきました

12:00 昼食

お昼近くなると、お素麺の日でしたら、熱いのか冷たいのかだけはお聞きしました。私が冷たいのがいいなと思っていると、大抵熱いのとおっしゃる（笑）。くるくる巻いたお素麺と、錦糸玉子、ハム、キュウリ、トマトを細く切って盛ったお皿をお出しすると、たれにねりごまを入れて召し上がる。

13:00 昼寝

お昼ごはんがすむと、「お昼寝してきます」とおっしゃって、必ず2時半頃まで、ベッドに横になられました。眠っておられるときもありましたけど、新聞や雑誌を見ておられるときもありました。朝はラジオをかけられましたが、音楽はほとんどお聴きになりませんでした。

14:30 仕事

起きるとまたお仕事。散歩に行かない日は6時までお仕事。家は黒電話で、先生はがんとしてFAXを入れられなかったので、原稿ができると、「素さん、悪いですけど、郵便局まで行って速達で出してきて」とおっしゃる。私は往復一時間かけて歩いて、信濃追分の駅の郵便局まで出しに行きました。

16:00 お茶 散歩

4時になると「素さん、お茶にしましょう」と、出ていらして、毎日お紅茶でアフタヌーンティー。「ちょっとだけ食べましょうね」って、口に入れたらおしまいくらいのお菓子を（笑）、ご自分でお小皿に出して召し上がる。お茶の後は、犬たちを連れて散歩に行かれる。足も丈夫でいらした。

18:00 夕食

夕ごはんは6時。ごはんの後にテレビを見るときは、必ず手を動かして、雑巾や鍋つかみを作られるので、ぼーっとしてると気が引ける（笑）。北軽井沢在住の作家岸田衿子さんやお友だちからお電話がかかると、長電話になるので、先生のお尻の下に丸椅子をそっと出したりすることもありました。

21:00 就寝

寝る前はいつもベッドで読書を楽しんでおられました。

庭のツリバナもお好きでした。下向きに花がぶら下がってかわいいんです。実が落ちて芽が出たら、抜かずに育てていました

ハンカチはガーゼを二重にして、レースでふちを飾って、その回りにピコットをブルーやグリーンやピンクでつけて、それをいつもポケットに入れておられました

百歳のことば

「石井桃子さんからあなたへ」。2007年3月、百歳を迎えた石井桃子のインタビューから

親たちは日常のささやかなことを今以上に大事にしていただきたいと思います。

子どものころに生活の中に埋め込まれた記憶は、その子が後に大きくなってからも、貴重なものとなることが多いのです。

私は子どもと話すとき、その子がどんなに小さくても、「この子はものがわからない」と思って話したことはありません。ひとりの「人間」と思って接しています。

どうしたら平和のほうへ向かってゆけるだろう、と、人間がしているいのちがけの仕事が、「文化」なのだと思います。

どうぞ、どのお母さんも、人から聞いた言葉ではなく、あなた自身の心の底から生まれた言葉で、子どもに話しかけてください。

『母の友』648号 2007

普通の日と同じ気持ちで迎えました。
私、何歳といったらいいの？
101歳？
なんて人に聞いたりして。＊1

中川李枝子さんが毎年用意していたお誕生日ケーキ

でも、文字を一切読めなかったときの方が、より大事なものを学んだんじゃないかな。＊2

100歳のお祝いに美智子皇后陛下からいただいた御所のお花

何か言うのに、10年はかかる。＊1

ひ孫同様の真智子さんが書いた「百歳」の書は自宅にずっと飾っていた

＊1「ひと」石井桃子さん『朝日新聞』2007
＊2本と歩んで1世紀　石井桃子さん百歳『東奥日報』2007

年譜

1907（明治40）年❖0歳　3月10日、埼玉県北足立郡浦和町（現在のさいたま市浦和区常盤）に生まれる。生家は旧中仙道沿いにあり、祖父が金物店を営んでいた。父福太郎は小学校教師の後、友人と銀行を興し、浦和商業銀行の支配人を務める。母なを。兄1人、姉4人の末っ子として育つ

1913（大正2）年❖6歳　4月、埼玉県立女子師範附属小学校入学

1919（大正8）年❖12歳　3月、小学校卒業。4月、埼玉県立浦和高等女学校（現・浦和第一女子高等学校）入学

1923（大正12）年❖16歳　3月、女学校卒業

1924（大正13）年❖17歳　4月、日本女子大学校入学

1928（昭和3）年❖21歳　3月、日本女子大学校英文学部卒業。在学中から菊池寛のもとで外国の雑誌や原書の英文和訳のアルバイトをする

1929（昭和4）年❖22歳　12月、文藝春秋社入社。永井龍男のもとで『婦人サロン』などの編集。菊池寛の紹介で犬養毅の書庫整理にあたる

1933（昭和8）年❖26歳　12月、文藝春秋社退社。犬養家でクリスマス・イブに『プー横丁にたった家』の原書に出会う。銀座の教文館で『クマのプーさん』とミルンの童謡集2冊の原書も見つけ、訳し始める

1934（昭和9）年❖27歳　6月、新潮社にて山本有三、吉野源三郎のもとで『日本少国民文庫』の編集に携わる

1938（昭和13）年❖31歳　亡くなった旧友より荻窪の家を譲り受ける。犬養家の書庫で児童図書室を始めるも、時局険悪化のため断念

1939（昭和14）年❖32歳　3月、母なを死去

1940（昭和15）年❖33歳　11月、友人ふたりと始めた出版社、白林少年館より『たのしい川邊』出版。12月、『熊のプーさん』（岩波書店）刊行

1941（昭和16）年❖34歳　1月、白林少年館より『ドリトル先生「アフリカ行き」』出版。9月、父福太郎死去

1942（昭和17）年❖35歳　6月、『プー横丁にたった家』（岩波書店）刊行。この頃『ノンちゃん雲に乗る』を執筆

1945（昭和20）年❖38歳　8月、友人とともに宮城県栗原郡鶯沢村（現在の栗原市）へ移住。農業を始める

1947（昭和22）年❖40歳　2月、『ノンちゃん雲に乗る』（大地書房）刊行

1949（昭和24）年❖42歳　日本文藝家協会会員になる

1950（昭和25）年❖43歳　5月、岩波書店入社。嘱託として少年文学の叢書の企画編集を任される。12月、岩波少年文庫創刊。宮城と東京を行き来する。『熊のプーさん』『プー横丁』『ヒキガエルの冒険』を英宝社より刊行

1951（昭和26）年❖44歳　3月、第1回芸術選奨文部大臣賞受賞。4月、『ノンちゃん雲に乗る』（光文社）刊行。ベストセラーになる

1953（昭和28）年❖46歳　12月、岩波の子どもの本創刊

1954（昭和29）年❖47歳　3月、第2回菊池寛賞受賞。5月、岩波書店退社。8月、ロックフェラー財団の研究員として1年間の留学に。アメリカ、カナダ、ヨーロッパの図書館、出版社を見学、訪問

1955（昭和30）年❖48歳　9月、帰国

1956（昭和31）年❖49歳　4月、鶯沢小学校の5年生に、卒業までの2年間、読み聞かせを始める。瀬田貞二、鈴木晋一、松居直、いぬいとみこ（のちに渡辺茂男も加わる）と「子どもの本の研究会（のちに「子どもの本研究会」に改称）」（通称ISUMI会）を始める

1957（昭和32）年❖50歳　家庭文庫を始めていた村岡花子、土屋滋子らと「家庭文庫研究会」をつくる（64年解散）

1958（昭和33）年◈51歳　3月、荻窪の自宅の一室に「かつら文庫」を開く。7〜11月、朝日新聞夕刊に『迷子の天使』連載
1960（昭和35）年◈53歳　4月、ISUMI会のグループ研究のまとめを『子どもと文学』（中央公論社刊）として発表
1961（昭和36）年◈54歳　9月から約3ヶ月、アメリカ、カナダ、イギリスとスウェーデン、デンマーク、オランダをめぐる
1964（昭和39）年◈57歳　バージニア・リー・バートン来日、4月、かつら文庫来訪。6月、『ちいさなうさこちゃん』シリーズ（福音館書店）刊行開始
1965（昭和40）年◈58歳　5月、かつら文庫の7年間の記録をまとめた『子どもの図書館』（岩波新書）刊行
1967（昭和42）年◈60歳　7月、ヨーロッパ、カナダ、アメリカへ
1968（昭和43）年◈61歳　長野県追分に山の家を建て、毎夏を過ごす
1971（昭和46）年◈64歳　11月、『ピーターラビット』シリーズ（福音館書店）刊行開始
1972（昭和47）年◈65歳　5月、イギリスへ。サセックス、湖水地方を訪ねる。帰途、カナダへ
1974（昭和49）年◈67歳　1月、「東京子ども図書館」（「土屋児童文庫」「かつら文庫」「松の実文庫」を中心とした仲間で設立準備を進めていた）が、財団法人認可を受ける
1975（昭和50）年◈68歳　イギリス、フランスへ
1976（昭和51）年◈69歳　5月、環太平洋児童文学会議出席、講演のためカナダへ。同月、『ファージョン作品集』が第23回サンケイ児童出版文化賞受賞
1979（昭和54）年◈72歳　「オズボーン・コレクション」を訪ねるため、カナダへ
1981（昭和56）年◈74歳　1月、『幼ものがたり』（福音館書店）、3月、『児童文学の旅』（岩波書店）を刊行
1984（昭和59）年◈77歳　第1回子ども文庫功労賞（伊藤忠記念財団）受賞
1993（平成5）年◈86歳　日本芸術院賞受賞
1995（平成7）年◈88歳　2月、前年刊行の『幻の朱い実』（岩波書店）で読売文学賞受賞
1996（平成8）年◈89歳　1月、東京子ども図書館の創立20周年記念事業として、石井桃子の寄付によりその名を冠した「石井桃子奨学研修助成金」スタート
1997（平成9）年◈90歳　4月、「東京子ども図書館」名誉理事に。12月、日本芸術院会員に
1998（平成10）年◈91歳　4月、かつら文庫40周年。初期会員と同窓会開催。9月、『石井桃子集』（岩波書店）刊行開始
1999（平成11）年◈92歳　3月、埼玉県浦和市立東浦和図書館で『子どもと本の架け橋　石井桃子の世界』展開催。11月、兵庫県太子町立図書館で『石井桃子の世界　心を育てる子どもの本の祭典』展開催
2001（平成13）年◈94歳　10月、杉並区立中央図書館で『石井桃子展』開催
2003（平成15）年◈96歳　12月、A・A・ミルンの自伝『今からでは遅すぎる』（岩波書店）を刊行
2007（平成19）年◈100歳　2月、東京銀座の教文館で『石井桃子さん一〇〇歳おめでとう！』フェア開催。3月10日、100歳の誕生日を迎える
2008（平成20）年◈101歳　2007年度朝日賞受賞。1月29日授賞式出席。3月、東京子ども図書館が「かつら文庫の50年」記念行事を開催。4月2日逝去。享年101歳

◇『石井桃子集7』収録「年譜」（岩波書店1999）、『石井桃子展』収録「石井桃子年譜」（世田谷文学館編2010）をもとに作成

書棚から 4

WILD FLOWERS
野の花図鑑

児童文学に関する本が大半を占める書棚にあって、その一隅を埋めるのは、鳥や樹木や草花の図鑑類である。

幼い頃から身近な自然に親しんでいた石井は、なかでも野山に咲く、可憐な花々が好きだった。早春に庭で顔を出すカタクリやシュンランなどに対しても、「こういう花はみな野草で、地を這い、日のあたる場所で、雨をうけるだけで、たいして人のやっかいにもならず、人の目をひこうとせず、じぶんひとりで、しずかに咲きだすという感じである」と、慈しみをもって書いている。こと植物に関しては、専門家が使うような大図鑑も揃っている。何事につけ、疑問に思ったことはすぐに辞書を引く習慣から、知らない植物に出会うと調べずにはいられなかったのだろう。

海外を旅した折りに手に入れたと思われる、現地のハンディ図鑑も多い。カナダの野の花図鑑には、ところどころに、掲載されているのと同じ植物が丹念に挟んであった。写真の花はおそらく林床に咲く、ゴゼンタチバナの仲間である。仕事づきあいをこえて、長く親交を結んだ児童図書館員の友人たちと野に遊び、これは何々よと教えられながら、押し花にしていったのかもしれない。

コラム

自然について

梅、桃がほころびはじめると、日本は美しくなる。

農村に住んでいたころ、くずれかけのわら屋根のそばに、空間をぽっかり染めるように、梅や桃やナシの花が咲きだすと、そのくずれかけの家までが、がぜん、生彩をはなちはじめるのには驚いた。そして、人びとはみな詩人になって「もうウグイス鳴きましたか?」と聞きあうのである。こうした天然と人工のとけこんだ風景に、私たちの祖先の心は、どのくらい養われたものであろうかと、考えさせられた。*1

◆

朝、裏の畑に出るのは、おみおつけのみをとりに行くとか、野菜の草とりをするとかいう用事があったにちがいありません。けれども私は、まずそのクモの巣を見にゆき、その日その日でかわっているその形にみとれました。それは、真珠の首かざりのように見えることもあるし、ダイヤモンドをつなぎ合わせてつくったあみのように見えることもありました。けれど真珠とかダイヤとかいうものそのものよりも、私をもっと喜ばしたのは、そこにふしぎな、小さい美しい世界が生れたような気がしたからでした。だれも知らないときに、涼しい空気の中で生れて、日が出ると消えてゆく世界です。*2

◆

私の家に、もう二十年もまえから年々育てているオキザリスという小さいカタバミ科の球根植物があります。花の少ない秋から春にかけて、赤い風車のような花を咲かせるので、毎年ふえる球根を、いくハチかに分けて、病気の人や花のすきな人に分けるのが道楽のようになりました。十何年か前、その花の白をある肉屋さんのお店で見かけました。おなじみになったら、分けてもらいたいと思っているうちに、戦争中のことで、その店の代が変わってしまいました。どこかにオキザリスの白を咲かせていらっしゃる方はないかと、いつも考えています。*3

◆

庭をへだてた向こうの物置の屋根（家では、ここだけがなまこのトタン屋根だった）から、ぼってりとふくらんだ雪の層が、少しずつ、ずり落ちてきて、やがて、どさーん!とおっこちて、のき先に高くつもる。その美しさ、めずらしさ、快さ。私は、縁側に腰かけて、呆然とそれに見入った。*4

◆

つぎの日、見たら、たいして長い道でもなかったのに、ほんとにくたくたに疲れていたから、やみのなかで、何度も休んだ。そのうち、やみと一しょに、もう一つのものが、私をつつみはじめた。においである。

ほのかな、あまいむらさきがかったようなにおい。いや、においが、私をつつんだというより、私が、ふわっと、その暗いくせに、色のある世界へはいっていったという方が、あたっていたろう。私が何かにばかされたように、ふらりふらりとそのにおいのなかを通りぬけてゆくうち、前があかるくなって、すぐそこに宿屋が見えていた。（中略）

宿の人たちは、駅から電話をかけてくれたらよかったのに、その前の汽車まで待ったのだけれど、もう来ないと思って帰ってきたのだといった。けれども、もし案内人がいれば、宿はもうすぐそこですとか、これは、センダンのにおいですとか、きっと説明してくれたにちがいない。そうしたら、私はあの一種ふしぎな、キツネと道づれになったような、妖精の国の門をくぐりぬけたような気もちは味わわなかったにちがいない。*5

*1暮し寸評 生け垣の心『朝日新聞』1967 *2つゆの玉『中学時代二年生』1958 *3初出不詳 1960 *4雪の日『幼ものがたり』1981 *5むらさき色のにおい『ハイカー』1962

本は一生の友だち

本は友だち。一生の友だち。
子ども時代に友だちになる本、
そして大人になって友だちになる本。
本の友だちは一生その人と共にある。
こうして生涯語りあえる本と
出あえた人は、仕あわせである。

石井桃子

東京銀座「教文館子どもの本のみせナルニア国」のために書かれた色紙より

第三章

石井桃子と私

友だちも本と同じで、わかり合える人が少しいてくれればいいと語っていただけあって、石井桃子はごく少数の人との親密な関係を好んだ。身近にあって、ともに生きた人々の心に残ることばは、石井の知られざる一面も表す

追分の山の家の庭の木には、石井の居室から見える位置に鳥の巣箱が掛けてあった

石井先生とのおつきあいは『いやいやえん』からです。私はいぬいとみこさんに手紙を書いたのがきっかけで、いぬいさんの同人誌に誘われて、最初に書いたのが『いやいやえん』だったんです。保育園に勤めてすぐでしたから、子どもたちに聞かせるお話をと思って書いたの。作家になる気なんか全然なかったのよ（笑）。いぬいさんが岩波書店にお勤めだったので、石井先生にも読んでいただけた。褒めて下さって、先生の編集で出版することになったんです。

そこでもう一度原稿用紙に書き直して、見ていただいたんです。先生は私がうかがうのを赤鉛筆を持って待ちかまえてる感じ（笑）。そして、じっくり読んで考えこんで「こうすると、もっとよくなるんじゃないかしら」と、決して頭からダメなんておっしゃることはなかった。たしかによくなるんです。私はお会いするのが楽しみでね。弾むような気持ちで行って帰ってくるのよ。うふふ。私にとって先生は絶対でした。この人は信じられると直感で思ったんでしょうね。だって私は石井桃子さんの本で育ちましたから。

私が子どもの頃は戦争中で、本も親戚中からかき集めて読んだんです。なにしろ字があればいいの。戦争前の生活を知りたいから、それでも充分楽しかった。それが戦後になると、先生が編集された岩波少年文庫が出たでしょう、本当におもしろかった。石井桃子訳の本は必ずおもしろいのよ。出るたびに買ってもらって、母も一緒になって読んでました。

子どもの本を書くうえで先生が教えて下さったのは、「はっきり、おもしろく、わかりやすく」ということ。でも書き方は勉強してわかるものではなくて、たくさん読んだなかから自分でつかみとるしかないっておっしゃってました。そして作家でも編集者でも図書館員でも、子どもの本に関わる人はなによりもまず、その人自身が楽しみながら読んでいるかを、先生は重視してました。いくら作家や作品に詳しくても、楽しんでいないとだめ。子どもの本作りは生やさしい仕事ではないし、誰もが書けるものではない。愛情も大切と私は思います。

先生ご自身は、ご自分が好きな作品を選んで訳していましたね。子どもが好きだから、子どもの本を作るというのとは違いました。あくまで文学として興味があったんでしょうね。子どももひとりの人間として見ていましたし、だとおっしゃってました。私はちっちゃい子が好きだし、子どもたちを喜ばせたくて書いているから、そういう点では少々甘くて違うんです。だから先生は私が幼児向けのお話ばかり書いているのが不満だったの。もっと大きい子向けの長編を書きなさいと言われまし

20歳過ぎで出会って以来、父上と同じ年だった石井を常に「石井先生」と呼んでいた。ときには渡辺茂男一家と一緒に野遊びに出かけることもあったという。前から石井、中川、渡辺一家

中川李枝子

忘れられないことば

自分を変えないできたことかしら

（なかがわ・りえこ）1935年北海道札幌生まれ。児童文学作家。保育園勤務時代に『いやいやえん』で厚生大臣賞他多数の賞を受賞。絵本『ぐりとぐら』シリーズをはじめ、多くのベストセラーがある。石井と親交が深く、晩年に至るまで公私ともに過ごした

たけど、素直に従えませんでした（笑）。先生は絶対ですけど、なにもかも思い通りにはいかない。

先生は私を「お友だちよ」とおっしゃって、なにかと機会を作って誘って下さいました。とにかくお勉強をするのがお好きだったから、例えばアリソン・アトリーが気に入れば、何人か同好の士といえるお友だちを誘って勉強会をするんです。そして原書から全部読む。勉強といっても楽しみなんですよ。おかげで私も随分勉強しましたし、たくさんのよい人たち、つまり先生のお友だちとも出会えたんです。いろんなチャンスをさりげなく、ごく自然に、先生からいただきました。

おもしろいこともたくさんあったのよ。夏、追分でムササビを縁側で飼ってる家があり、朝の五時に行くと餌やりを見られるからって早起きしてふたりで見に行ったら、その日に限って餌やりをしなかったの。がっかりして帰りかけると、猿が一匹、軒先からさっと下りてきて、私たちの周りをぐるぐるぐるぐる威嚇して歩くのよ。怖いでしょ。朝の五時だから誰も通らないし、でも先生は平然としてるの。猿がぐるぐる回ってるのに。私困ってしまって「あっち行け！」って猿にどなったら、行っちゃった。先生は後で、あれでよかったなんて言ってたけど。あやうく老婆がふたり、やられるところよ（笑）。

晩年暮らしたホームで陶芸グループに参加して作ったうつわ。「初めての作品。お上手よね。私に下さったの」。裏には石、と銘があった

先生は私にとってはごく身近な方で、特別な意識もなく、いつも自然体でおそばにおりました。親が生きているときもそうでしたけど、いいことがあれば先生に真っ先に教えたい、という気持ちはありました。やっぱりいらっしゃらないと、がっかりする。寂しいわよね。それにいちばん心配をかけたくない人ですから、そういう点では常に気をつけていました。特に私が病気になったときは必死で早く治りました。先生は心配性なので、私もゆっくり寝てはいられなかったんです。

先生はきちんと養生してらしたけど、九十五のとき、真面目な顔をして「中川さん、あなたに言っておきます」っておっしゃるから、何事かと思ったら「九十五になったらお気をつけなさい」って。九十のときはなんともなかった、でも九十五になったら老いを感じるって。それは私だけが知っててもったいない話だから、会う人ごとに教えてあげたら、みんな「九十五？」なんて驚いて（笑）。先生はたくさんいいことおっしゃってるのよ。

骨折して入院したときには、療法士に長生きの秘訣を聞かれて、しばらく考えてから「自分を変えないできたことかしら」っておっしゃったの。先生はどこにいても、いつも自分というものをきちっともってらした。そういう意味で頑固で勇気ある強い方でしたね。

ホームに入られてからもお仕事なさってましたし、本も読んでらした。でも外へ出られないから、ご機嫌うかがいに行くと「外の様子はどんなでしたか？」と必ずお聞きになる。だから私は電車に乗ると周りを見るようにしていました。あるとき女の子がお母さんとドアのところに立って、「東京のおうちはちっちゃいね」って言ってたの。ちょっと都会風なおしゃれした子でね。それを報告すると、「地方から出て来て驚いたんだわね」なんて、先生すごく嬉しそうなの。私たちにはそういう話がおもしろいわけ。特別なことじゃない。他愛ないおしゃべりばかりしてたのよ。

石井先生の言葉が豊かなのは、子どものときの育ち方だと思います。先生は子どもの気持ちをよくわかって、翻訳をしてらっしゃる。そうした子どものもつ観察力や聞く力、理解力、発想をどうして身につけられたのかな、この言葉の泉がどこから出てくるのかなと、僕は編集者としてずっと思っていたんです。ふつうの人とはやはり違うんですよ。かといって、芸術家だとかいう感じは直接には受けない。ごくふつうの、優しいお姉さん（笑）。そうしたら、『幼ものがたり』でご自身の子ども時代を書いて下さって、これを読むと、日常生活に対して本当に豊かな感性で接してらしたことがわかる。鋭い観察力をもって、人の話をよく聞いている。それが言葉やイメージになって、石井桃子の世界を作っていたんだなと思います。言葉というのは意味ではなくて、感覚であり感性なんです。

たとえば日本語では雨の表現が豊かでしょ。自然に対する感覚を、言葉で汲み取る力があって初めて本が読める。読んだときにその体験が甦ってくる。物語の世界がいきいきと見えてくる。今は体験がないから、言葉を読んでもわからないんです。日常生活のなかにこそ言葉があるんですよ。先生は子どもの頃にそれを体験しているから、その楽しい感覚を子どもにも伝わる言葉で表現している。

石井先生の表現は、そこにありありと世界を感じるんです。目に見えるように世界を書かれる。言葉で表現する上でいちばん大切なのは、読んだ人が自分のなかにその世界が見えることです。そうすると文学に対して興味をもつ。言葉を通して見たこともない世界に入っていくことができる。事実を知らなくても、そこに真実を感じることができるんです。

私は以前『おおきなかぶ』という、一家総出で大かぶを収穫するロシア民話の絵本を編集したんですけど、あんなでたらめな話はありませんよ。でも子どもは喜ぶんです。子どもが喜ぶということは、そこに真実を感じたからです。真実を実感したから共感する。事実ではなくて、真実をどう伝えるかなんです。

しかも言葉というのは、耳で聞かないとだめです。言葉は聞いて覚えたでしょ。声の文化なんです。そのことが子どもの本にとって大切なんです。絵本は子どもに読ませるものではない。大人が子どもに読んでやるものである。二、三歳の子どもは字が読めませんけれども、聞くことはできます。子どもの聞く力はすごいですよ。僕の子どもたちも、字が読めないのに好きな本は一言半句違わずに覚えました。僕が一字でも読み間違うと、「違う、初めから！」って（笑）、どれだけ言われたかわかりません。子どもはそのくらい言葉に対する感覚をもっている。特に七五調など、日本語の調べの生かされた言葉はすぐに

松居直

忘れられないことば

日常のなかに言葉がある

（まつい・ただし）1926年京都市生まれ。同志社大学法学部卒業後、福音館書店創立に参画。編集部長、社長、会長を歴任し、数々の子どもの本の名作を出版、現在の児童書出版の礎を築く。現在同社相談役。著書に『絵本とは何か』『絵本をみる眼』他多数

子どもの本について語り合った「ISUMI会」は和気あいあいとして、堅苦しさはまったくなかったという

取り込みます。その体験も小さいときでないとだめ。読めるようになると言葉に対する感覚が変わって、頭で考えたり受け止めたりする。二、三歳の頃は頭なんて使わない。自分で楽しい言葉をどんどん食べちゃう。

そうして、耳から入ってくる言葉が物語の世界を作っていく。絵本は絵がありますけど、しかし絵が全部語っているのではなくて、耳から入る言葉と目から入る絵がひとつになって、そこに世界ができる。それが絵本体験なんです。だからこそ、子どもがちゃんと感じられるように、読み手が豊かな世界を思い描いていないとだめなんです。それを石井先生はみごとにやってらした。

「かつら文庫」でも原書を子どもたちに見せて、日本語で表現されるんですけど、先生のなかにその世界がありありと見えている。『100まんびきのねこ』もそうでした。人の話をよく聞く力があると、言葉を通じて人の心を汲み取ることができますから、そうすると子どもたちは目を輝かせて言葉を聞くんです。気持ちが豊かになって、心が開かれてくる。今は言葉とは知識と情報を伝えるのが大切だみたいに思ってるでしょう。違うんです。言葉は心を広げて、いきいきさせるもの。そういうイマジネーションを広げる言葉の使い方をできる方だった。

石井先生に訳していただいた『うさこちゃん』もそうです。この本は松岡享子さんとヨーロッパを回ったときに、アムステルダムの図書館で、出たばかりの絵本ですって見せていただいたんです。僕は勘は働く方で、見た途端にこれはいける（笑）って思いました。そしてこの訳ができるのは石井さんしかいないと。文章は絵本らしくないのに、見るからに絵本ですからね。それをきちんと子どもに、手から手に渡すためには、石井先生のあの言葉で語りかけていただくしかない。絵本は絵と文章と語るものがぴたっと合わないとだめなんです。

「ネインチェ」というのが「うさこちゃん」の元のオランダ語です。「ミッフィー」は英訳ですよ。翻訳は日本語が勝負。子どもはそこから入っていくんですから。先生は訳す前にオランダ大使館にいらして、オランダ語を耳でお聞きになって、「ネインチェ」という言葉の響きは、日本では「うさこちゃん」だと考えた。先生はそういう言葉の感覚が非常に豊かで、大切にされる方でした。

僕が石井桃子さんを知ったのは戦争中です。飛行機工場に勤労動員されたとき、好きだった女の子がこれおもしろいよって貸してくれたのが、クマがまだ漢字の『熊のプーさん』だったんです。読むと戦争を忘れて別の世界に入れて楽しかった。ご本人に初めて接したのは、岩波書店で編集者のいぬいとみこさんが紹介して下さったときです。

その後、誰がいうこともなく、石井さんの家で集まっておしゃべりしましょうということになって「ＩＳＵＭＩ会」が始まりました。いぬいさんは岩波で編集者、瀬田貞二さんは平凡社で児童百科事典の編集長、鈴木晋一さんは産経新聞の記者、私は福音館で子どもの本を始めようという頃でした。後に慶應大学の渡辺茂男さんも加わられて、月一回晩ごはんを食べながら、気楽に自由に話したんです。理論よりなによりも、子どもの本に対する気持ちがお互いに通じ合う、そのことがとっても大切だった。ありがたかったと思います。

当時は子どもに物語の絵本をみせる発想がほとんどなかったですから。先生は新しい未来をいつも願ってらしたんじゃないかと思います。そして立ち止まるよりも進んでいこうという気持ちで、自分では意識しなくても、生きるってことを実践してらした。

僕は石井さんと話しているだけで勉強になりましたし、やっぱり楽しかったですよね。喜びがありました。教えるということはなさらなかったですけど、相手がなにを求めているかがわかったら、すっとそれを差し出して下さる。厳しい方ではありましたが、厳しさが冷たさじゃない。暖かさをもつ厳しさです。いや、厳しさというよりも、いつもほんとのものを求めてらしたということですね。

松岡享子

忘れられないことば

どんな子でも 自分の子は自分の子

（まつおか・きょうこ）1935年神戸生まれ。慶應大学図書館学科卒業後、1961年に渡米、児童図書館学を学び、ボルチモア市立図書館に勤務。帰国後大阪市立中央図書館を経て、松の実文庫を開く。現在東京子ども図書館理事長。著書、訳書多数。石井とは半世紀近いつながりで、ともに子どもの読書を支える

図書館員としての適性には欠けるのですが、私は本を読んでも、登場人物の名前や筋があまり頭に残らない性質なんです。そのかわり、物語のなかに流れている空気のようなものはかなりはっきり記憶に残ります。たとえば『とぶ船』だと、骨董屋さんのお店のちょっと湿っぽい雰囲気とか、船にのって飛んでいくときの風の感じとかですね。

石井先生の作品には、そういう〝感じ〟を鮮明に印象づけてくれるものが多いので、「この作品」とひとつを挙げることはできないのですが、たくさんの作品から受けた空気の総体が私を豊かにしてくれていると思います。

それと先生の文体ですね。石井先生の文章は、声に出して読むと、独特のリズムがあって快い。ある研究によれば、人間は黙読しているときも、脳からはそれを音読するときに必要な筋肉を動かす指令が出ているんですって。ですから、黙読していても、身体にはかすかに電流が流れていて、それは必然的に呼吸をコントロールしている。いい文章だと自然に呼吸が深くなって、安定するわけですね。先生は、意味だけでなく、音とリズムが要求することばの選び方をしていらっしゃるので、独特の心地よさがあるのでしょう。特に「うさこちゃん」などの絵本を子どもたちに読んでやっているときに、そのことを強く感じます。

1964年春、かつら文庫を訪問したV.L.バートンと、石井とともに

先生は、私たち子どもの本の関係者にとっては、尊敬する大先生でしたから、こちらから馴れ馴れしくはしませんし、先生の方でもある距離を保っていらっしゃいました。先生はおそらく天性のものに、イギリス文学に親しむことによって磨きのかかったユーモアのセンスをお持ちでしたけれど、お話ししているときに大笑いさせられたことはありません。先生のもっていらした最上のものは、お書きになるものに全部注がれている気がします。私たちと接しているときには、そういう大事な資質を浪費なさらなかったのかな（笑）。

忘れられないのは、私がまだ二十代の頃、ある出版社からエリナー・ファージョンの『町かどのジム』の翻訳を依頼されたときのことです。ファージョンの他の作品はすべて石井先生がおやりになっているでしょ。ですから、とてもおそれ多いことで、今ならすぐ「それはもう石井先生に！」といってお断りしたでしょうが（笑）、若いときはこわいもの知らずですね。でも、出版社からはやっぱり石井先生の監訳か共訳にと言ってきたのです。先生は人に下訳などをさせる方ではないし、先生のお名前が出るとなれば、翻訳の責任はすべて先生に行く。それなら最初から先生にしていただくのが筋だと思いました。出版社には、もし、私にさせていただけるなら、

私の名前で、責任が私に返ってくるようにしたいと申し上げ、先生にもそのことをお伝えしました。結局私の名前で翻訳が出ることになったのですが、そのとき下さったお手紙に「どんな子でも自分の子は自分の子」とありました。先生が私におっしゃったことばのなかで、これがいちばん心に残っています。

先生は、若いときからものを書く人の間で生きてこられたので、本を出すことが一人前の証と思っていらした節があります。私が本を出すことをすすめて下さったのも、そういう意味合いからでしょうし、少しでも生活の道がたつようにと配慮して下さったのだと思います。先生は、他の人の作品に対して簡単に「よくできましたね」などとおっしゃる方ではありませんでした。かつら文庫をまかされて、長く先生のおそばにいた佐々梨代子さんに言わせると「なにもおっしゃらないのが、先生にとって最大の褒め言葉なのよ」って。でも、私はなんどか励ましのことばをいただきました。ありがたいことでした。

石井先生がお書きになった『子どもの図書館』の影響は大きく、全国にたくさんの子ども文庫を生みましたが、先生ご自身は、個人が運営する文庫ではなく、公的な機関で子どもの読書を支える環境を作り出さなくてはとお考えでした。でも、一九六〇年代の公立図書館は、今と違ってまだ受験生の勉強部屋の域を出ず、とても先生がアメリカで見ていらしたような働きができる状況にはありませんでした。

ですから、私立図書館でいいサービスをして、公立図書館の刺激になればとお思いになったのかもしれませんし、かつら文庫を将来にわたって継続させるにはどうしたらいいかとお考えになっていたのでしょう。仲間の文庫を合わせて財団法人にすることを計画されたのです。それが東京子ども図書館として実現するわけですが、でも、図書館ができてからは、直接活動に関わることはなさいませんでした。先生はなにかを思いついて始めることはお得意でしたけれど、それを持続して発展させていくことには、あまり興味をおもちじゃなかった。それに、ずっとひとりでお仕事をしていらしたので、何人もの人を動かして活動するのは面倒だったのではないでしょうか。

思い出の一品はお手製の平賀源内（P63にも登場）。「子ども図書館のバザーにたくさん作って下さったのを、私がひとつ買ったの」

東京子ども図書館の組織の運営には、先生のお気に召さないこともあったと思います。建物もこんなに大きくしなくていいとか（笑）。でも、自由とおもしろさを追求する精神や、小さいこと、実質的なことを大事にする仕事のスタイルは、先生から受け継いだものが、今も生きていると思います。

子どもの本の質に関しては、先生への信頼と尊敬が揺らいだことは一度もありません。先生は作家であり、翻訳家であり、子ども図書館の推進者としても大きな存在です。でも、先生の本質は編集者にあると私は思っています。子どもの本のおもしろさの基準を非常に高いところに設定して下さった、そのことが先生の、日本の児童文学に対する最大の貢献だと思います。

石井先生とめぐり合って？　もちろん、得難い幸運でした。日本の子どもの本の世界が大きく発展していく時代に、先生と同じ時間をご一緒できた意味は限りなく大きいと思っています。

画家深沢紅子が描いた、飼い猫トムを抱く「石井桃子像」。当時すでにトムはおらず、代わりに市松人形を抱いてモデルになったという。今は岸田節子さんの家でやさしく微笑む

岸田節子

忘れられないことば
私が
ひいばあちゃんよ

石井が留学するときは、お気に入りの黄色いワンピースを着て母の狩野ときわと横浜港へ見送りに行った

（きしだ・せつこ）1934年生まれ。石井が宮城県鶯沢で農業・酪農生活をともにした狩野ときわの長女。かつら文庫の初代おねえさん。自身も自宅で16年間家庭文庫を開く。石井とは家族同様のつきあいを続けた

石井は私にとって親みたいなものです。私が八歳か九歳のときに、石井が母と軍需工場で出会って以来、七十年近い年月を過ごしてきました。石井の仕事の軌跡は日本の子どもの本の発展を表していて、偉大な人だと思いますけど、私には小さい頃から桃ばっちゃんと呼んで生活してきた、母のような人でした。

山で農業をしていた頃も一緒に暮らしていました。私は雨の日が好きだったんです。いつもは外の仕事に忙しい母や桃ばや猫のトムまでもがひとつ屋根の下にいて、針仕事をしたり書き物をしたり本を読んだりして、ゆったりと時間が流れていく。雨の日のそういう思い出が今でも私のお宝なんです。おとなたちは苦労が多くて大変な時期でしたが、子どもの私には豊かなものとして育ちました。

でも桃ばは、母というより父、保護者でしたね。私が青森で高校に行っていたときも、荻窪の家に一緒に住んで、慶應の図書館学科に通ったときも、学資はもちろん、洋服を買うのもお小遣いも桃ばが全部出してくれました。お嫁入りのお支度もしてくれたんです。母は酪農が大変で、それどころじゃなかったですから。だから私は原稿を取りに行ったり、お清書したり、なんでも手伝いました。「岩波の子どもの本」を作っているときも、できる過程を全部見ていたんです。石井は売れなかったらどうしようって心配して、そのときは風呂敷に包んで売りに行こう、富山の薬売りみたいにねとか（笑）、言ったりしてました。よくふたりで買い物や映画を観に行ったりもしましたよ。その頃荻窪駅の南口に蕎麦屋があって、帰りにそこで「中華そば食べようか」って言われると、私、嬉しくってね。御馳走でした。

叱られたことはあまりないですけど、石井は無駄なことが嫌いで、それは言われました。最後までものは使い切る。ぼやっとしてちゃだめ。テレビを見るときも、桃ばはレースでハンケチのふちをかがるでしょ、その間に白髪取ってと言われて、私は白髪を取る（笑）。

石井は仕事でおつきあいしていた人たちからはまじめでこわい人だと思われていたようですけど、おかしなことも大大好きで、涙を流して笑うなんてこともよくありました。だから石井の仕事や作品が正面から見た石井だったとすると、私が見ていたのは、斜め後ろから見た石井だったと思います。

何事にも研究熱心で、お百姓仕事も専門書で勉強してましたし、アメリカから送られた私のお気に入りの黄色いワンピースも、分解して型紙を研究してましたし、翻訳でもなんでも、とことん掘り下げて時間をかけて満足のいくものにする、そういう人でした。政治にも関心をもっていて、石井の死の直前の興味は、大統領選でオバマが勝つか否かでした。

追分でも桃ばと私の家はすぐ近くで、なにかと行き来していたので、今は桃ばがいないと思うと、その道を歩くのがすごく寂しい。私も随分頼っていたんだなと思います。

私の娘、ノンちゃんっていうんです。娘が最初の子を産んだとき、私の母にとってはひ孫だったんですけど、生まれる三月前に母は亡くなったんです。それでひ孫が生まれたとき、桃ばがすぐ来てくれて、「私がひいばあちゃんだからね」って言ってくれたんです。私、その言葉は嬉しかった。私はそういう細々とした日常生活のなかで、桃ばから、形にないものもいっぱいもらいました。

石井先生が夏に軽井沢の追分の家へいらっしゃるときはいつもご一緒して、十七年過ごしました。当時、中川李枝子さんが先生のお世話をする人を探していらして、私の友人で詩人の工藤直子さんが、中川さんや山脇百合子さんとも親しくされていたので、私に白羽の矢が立ったんです。でも犬を飼っていたので、犬を連れていけるならとお答えしたら、うるさい犬ですかと聞かれて、いいえ、おとなしいですと申し上げたら、それならいいですとおっしゃって、それでうかがいました。

先生は犬のことをよくわかってらして、お好きなうえに、思慮深く暮らせる唯一の人でした。犬は追分を自分の家と思っていましたし、先生も楽しみだったと思います。マリとプリンの二匹がいて、十四年目の夏にプリンが亡くなったんですが、翌年に先生が「プリンちゃんがいるふりをして過ごしましょうね」っておっしゃったんです。いるつもりでとか、いたようにとかじゃない。いるふりをしてということばが耳に残っています。

毎日、時計のように正確に生活する方で、几帳面でしたけど、嫌なことはひとつもなかったですし、私も自由にやっていました。お食事もなにを召し上がりますかと一回も聞きませんでしたし、なんでも食べて下さいました。ただ、九月になると必ず「素さん、今日はずんだにしましょう」とおっしゃる。私は

西村素

忘れられないことば

プリンちゃんがいるふりをしましょう

（にしむら・もと）1936年滋賀県生まれ。双子の息子の独立後、軽井沢追分で17年間夏を石井とともに暮らした。夏以外はニュージーランドに住み、羊を飼い、趣味の糸つむぎをして過ごす。現在は月に一度追分に滞在し、家を管理している

ぎょっとして、いやだなあって（笑）。手間がかかるんですよ。でもやらなきゃいけない。お好きだったのはビフテキで、百歳で入院されたときも焼いて持って行きました。

散歩にはいつもご一緒しました。花がお好きで、いちばん感激されたのはギンリョウソウ。何十年も見たいと思っていたのが、歩いて数分のところにあったんです。毎日見に行って。翌年は輪になって咲いてたんですよ。今日はイチヤクソウを見に行きましょうと、浅間山の登り口まで行くこともありました。

庭でも野の草を大事にされていました。シデシャジンやアサマフウロもありましたし、マイヅルソウも足もとにいっぱい。ウバユリはある年一本に二十七も咲いて、それが先生の部屋から見えるので、毎朝「今日はいくつ咲きました」（笑）って報告して下さいました。

私は空いている時間は好きな糸つむぎをしたり、先生はそういうのが気楽だったみたいです。「素さん、ここが日が当たってる。ここでなさい」と言われたりしてね。夕ごはんがすむと、『幼ものがたり』で書いてらしたことを、もっと生き生きとした口調で、毎晩お話しして下さいました。

九月に秋の花々が咲く頃にはもういらっしゃらない。もったいないなと思っていました。七月ももっと早くにと思っていましたけれど、井伏鱒二さんのお命日がすんでからいらっしゃることが、後になってわかりました。

先生は追分に来られたときには、いつもへとへとでしたから、私は「先生、ひと夏くらいお仕事のない夏にしたらいかがですか」って言いましたけど、「私には定年はないのよね」っておっしゃって、最後まで仕事してらっしゃいました。だから私はなんとか元気にして、東京へ帰してさしあげたいと思っていたんです。

この家はなぜだか古びないですね。何十年もずっと同じ格好で建っている。不思議な家です。いつまでもたたずまいが変わらない。先生がいらっしゃれなくなってからも、写真を絵はがきにして、お送りしていました。

余録

追分にて

さくさくさくさく。さくさくさくさく。クヌギやクリやカラマツやミズナラやカエデやマユミや、茶色いのや黄色いのや白くなったのや、もうなにがなんだかわからないくらい落ち葉が散り積もっている。合間にちらりと赤い木の実。音もなくまたちらちらと葉が降ってきて、足もとに落ちると、何事もなかったかのように同化し、絨毯の模様のひとつになってしまう。見上げると、青く澄んだ空に、わずかに葉を残した細い梢がすうと伸びている。深閑とした、晩秋の別荘地。

さくさくさくさく。木の葉のなかにはクリのいがも落ちていて、踏んで開けると中に小さい茶色の実が三つ並んでいる。石井先生の家の庭にも大きなクリの木があって、「若い頃は、屋根にクリがポトンポトンと落ちる音がし始めると、拾いに出て行った、と先生はおっしゃっていました」と、あるじなき後、家を守る西村素さんが話してくれた。そして、今は落ちるにまかせて、リスやなにかに勝手に持って行ってもらってます、とも。

教えてもらった先生の散歩道をたどって、歩く。左手の林が途切れて、視界がすっぱりと開けると、意外な近さに浅間山の頂が見えた。黒い山肌に白い雪の筋をいくつもつけて、山はもう冬だ。

さくさくさくさく。かさかさかさかさ。林を抜けた先にある、古びた瓦屋根に平屋建ての浅間神社は、神さまがいらっしゃる気配で、先生の故郷の浦和の調神社に少し感じが似ている。鈴を鳴らす紐の下にあった、誰かさんがお供えしたクリの実を見ていると、背後でざあっと音がした。人かと思って振り向いたら、落ち葉が風で寄せてくる音だった。頭上の大木の枝という枝が風でしなって、ざあざあ音がする。梢を離れた葉が、風に乗って遠くへ飛んでゆく。かさかさかさかさ、足もとに寄ってきた落ち葉がまた風で戻っていく。

かさかさかさかさ、かさかさかさかさ。日が当たっているところと、そうでないところ。

私が今、この光景を美しいと思うのも、昔見た同じような記憶を、ずっと自分のなかにしまい込んでいたからだろう。子どもは、そのときどきに見た美しいものを、知らず知らずのうちに、黙って心のなかにため込んで生きていく。いや、子どもだけでなく、大人になってからも同じことだ。無論それは風景にかぎったことではない。生きていくなかで得た、その人だけの、尊いなにかである。

ただ、人は、自分の心の奥底にしまい込んだものの多くを、ことばにして語らない。語らない代わりに、自分のなかで、本人もそれとは知らずに、その宝を大事に暖め続けている。しかしときとして、そのひとつを取り出してみせることはあって、それはみな、等しくかけがえのない美しさを放っている。

かつてあったいいことは必ずどこかで生き続ける。美しいものは失われていない――。その人自身はいなくなっても、その人の魂をかけてつくったものは残るし、美しいものは変わらずにいつもそこにある。私はそのことを繰り返し心に思いながら、歩いた。（若菜）

岸田節子さんのお嫁入りの際、親代わりでもあった石井が整えてくれたお仕度には、荒縄で縛った原稿用紙の束がいくつも入れてあったという

幸福とは思ってませんけどね。
幸運だと思っています。＊1

目を活字にさらしている
と楽しいのです。＊2

こうして年を取っても読めるって、本ってとってもいいものだと思うんですよ。本はそばに置けば、どこにも逃げて行かないで、見たい時に見られますからね。＊3

ひとりの時間というのは、何にもたとえられないほど自由な時間ですね。好きなときに休んで、好きなときにものを書いたりできるでしょ。＊4

私のなかには、今でも五歳の
時の自分が棲んでるの。＊5

自分で気の済むことをして、
静かな環境でいたいと思うん
です。＊6

＊1名作・名訳よ永遠に『ラ・メール』1992 ＊2戦争と違う世界で会ったプー『朝日新聞』2004 ＊3新教育の森 学校と私『毎日新聞』2001 ＊4はじめに魔法の森ありき『ユリイカ』2004 ＊5生老病死の旅路 人の死で何かを得てきた『東京読売新聞』1994 ＊6作家を訪ねて『ユリイカ』絵本の世界 2002

エッセイ

ひとり旅

数カ月まえ、用事ができて、イギリスに出かけた。出かけるまえに、ふだん、あまり親しくしていない友だちにその旅のことを話したら、そのひとは「ひとりで？　ひとりで？」と、頓狂な声をあげてびっくりした。あまりびっくりされたので、旅のあいだも、よくそのことを思い出した。

考えてみると、女学校時代の修学旅行以来、私は団体旅行というものをほとんどしたことがない。それは、私が不器用で、ほかのひとについてゆこうとすると疲れて、考える余裕もなくなるためと、騒々しいことがきらいなためであるらしい。かといって、特にひとり旅を好んで、ちょいちょい出かけるというわけでもない。出不精の私の旅は、用事を兼ねたものが多いから、つい、ひとり旅になりがちなのだ。

私がひとりで出かけるのにびっくりした友だちの表情には、知らないひとたちのあいだでただひとり、さぞさびしかろうという、さびしさを恐れる色がよみとれた。けれども、私はひとり者だから、ひとりでいることには慣れているし、それに、さびしさというものを、私はきらいではない。たえ間なくしゃべっているひととは何時間かいっしょにいると、ひどく疲れる――翌日、寝こんでしまうことがあるくらいだ――が、ひとりでいてさびしくて、どうにかなりそうだなどと感じたことは、一度もない。それどころか、さびしいときには、感受性が強くなり、まわりのものに心が開けるような気さえするのだ。

これは、私ひとりの――そして、私とおなじ型の人間の感じかたかもしれないけれど、何かを見、強い印象をうけたときのことを思いだしてみると、たいてい、ひとりのときに経験したできごとである。いますぐ心にうかぶ例をあげれば数年前、イギリス北部の小さな村で、道端の大樹の下の、小米のような形のピンクの花に見とれて立ちつくしたことがあったが、それは、私がある女性の画家の足跡をたずねて、二、三日、ひとりでその村を歩いたあとのことだった。歩くにつれて、何かが惻々と私をとりまきはじめていた。いま思えば、その大樹の下にじっと立っていた何十秒か、何分か、私は、そのピンクの雑草の花のかたまりを、その画家の目で見ていたような気がする。

このように、目のまえのもの、または、自分をとりかこむもののなかにすいこまれて、短い時間、ぼうとなることは、それまでにも、何度か経験している。

戦争ちゅう、私は、東京郊外の小さな家に住んでいた。母が死に、父が死に、いちばん親しい友だちが死に、私はその小さい家で、庭の木を切り、じゃがいもや大根をつくっていた。戦局は暗く、私のしたい仕事の場は、だんだんせばまり、私はつましく暮らしていた。家のなかは否応なく片づき、窓のガラスは、いつもきれいだった。

ある日、そのころの食事ともいえない食事のあと片づけをしながら、流しの上の窓から外をながめると、木々はみどりで、みどりをすかして見る空がほんとうに美しかった。そのとき、私は、自分のからだが、木々と私とのあいだの空気とおなじに透明になっていくような気もちになり、その透明なからだのなかの心臓から泉のようなものが、こんこんと流れだしているのに気づいた。私は、どのくらいかのあいだ、死んだひとや生きているひとたちをだいじにしなければという思いに打たれて立っていた。

このごろのように日常がさわがしく、人にもまれて、わあわあのうちに日をすごしていると、そうした瞬間が自分にあったことを忘れていることが多い。そして、脳の細胞の表皮に厚く膜がかかってしまったのかと思えるほど、鈍い日を送ることになる。しかし、たまに静かな時がしばらくつづき、ある条件が整うと、例の発作（？）は、突然、私を訪れて、びっくりさせるのである。

たとえば、二、三年まえの夏のおわり、私は姪といっしょに、山の一軒家でいく日かをすごした。そして、姪は「おばさん、気をつけてね。」といって、先に帰っていった。私は、二、三日ほど残って、家を片づけて帰る予定だった。雑巾がけをしたり、ごみを燃したり、あたりの枯れ枝をまとめたりしているうち、不意に、あのしいんとした感じが私を包みはじめた。それは、まわりの木々から、あたり一帯の森から私を目がけて迫ってきた。私の体内は生き生きとなり、そのなかで、私はひたすら、姪のしあわせ――いや、そのほかのすべてのもののためをねがっていた。

私は、自分はひとりぼっちでいるほうが、いい人間になれることを考えて、おかしくも思ったが、それは、うそいつわりのない事実であった。元来、不器用な人間が、すばやいひとたちについてゆこうとすると、納得もしないうちに物事を切りあげ、何かを口にし、先へ歩いていかなければならない。いつも中途半端なところで、粗雑に生きていかなければならない。

自分ながら、あきれるほどのろい私は、だから、自分流に旅に出るとすれば、ひとりでゆくということになる。ひとりで、まわりのひとたちの言動に微苦笑しながら、動きまわり、あるところに着くと、友だち（あまりおしゃべりでない）が待っているというような旅が、私にはいちばん好ましい。

荻窪にあるかつら文庫。
1階が文庫、2階が石井桃子の書斎

東京子ども図書館

子どもの本と読書専門の私立図書館。子どもの図書室の他、児童文学関連の資料室設置、出版、講演、講座の開催など、子どもの読書に関するさまざまな活動を行っている。開館日は児童室：火・水・金曜13時～17時、土曜10時30分～17時、資料室：火・水・金曜10時～17時、土曜10時～19時（祝日を除く）。
住所:東京都中野区江原町1-19-10
電話:03-3565-7711
URL:http://www.tcl.or.jp

かつら文庫

現在も石井桃子の旧居で、子どもたちの図書室として、第1～4土曜日（14時～17時）に開かれている。石井桃子の書斎及び寄贈された渡辺茂男の蔵書なども一般公開されている。見学希望者は事前に連絡を。原則火・木曜（祝日を除く）13時～16時。
住所:東京都杉並区荻窪3-37-11
＊問い合わせは東京子ども図書館まで

協力
公益財団法人　東京子ども図書館
杉並区立中央図書館
岩波書店
福音館書店

写真
新居明子　カバー、P1、3～7、10、12、14、16、
18～19、22～25、28～29、30、32、34、36～37、
48～49、53～54、65、72～75、80～81、84（右上除く）、
85中央、88～89、97、100右上、右下、101（中上除く）、
103下、106、109、110右、111、112右、114右、
115～116、118～121、124～125、126、128
柴崎文　P59左下
安田勝彦　P71右上、中央
川島浩　P92右下、中下、P93～94

写真提供
東京子ども図書館　P2、13、33、38～47、55～56、58～61、
66～68、70、71（右上・中央除く）、76、78～79、
82～83、84右上、85（中央除く）、
90、92（右下・中下除く）、110左、112左、114左、117
さいたま市立東浦和図書館　P50、52
朝日新聞社　P98
中川李枝子　P103上、中
西村素　P100左上、中下、左下、P101中上
教文館子どもの本のみせナルニア国　P108

編集・文
若菜晃子

ブックデザイン
大野リサ

シンボルマーク
nakaban

＊著作権、プライバシー等には十分配慮いたしましたが、
お気づきの点がありましたらお知らせ下さい。なお、記述に
今日から見れば不適切と思われる表現がありますが、
時代背景と資料的価値を考え、そのままとした部分があります

「とんぼの本」は、美術、生活、歴史、旅をテーマとするヴィジュアルの入門書・案内書のシリーズです。創刊は1983年。シリーズ名は「視野を広く持ちたい」という思いから名づけたものです。

とんぼの本

石井桃子《いしいももこ》のことば

発行	2014年 5 月25日
5 刷	2022年 9 月15日
著者	中川李枝子《なかがわりえこ》　松居直《まついただし》　松岡享子《まつおかきょうこ》　若菜晃子《わかなあきこ》　ほか
発行者	佐藤隆信
発行所	株式会社新潮社
住所	〒162-8711 東京都新宿区矢来町71
電話	編集部 03-3266-5381 読者係 03-3266-5111
ホームページ	http://www.shinchosha.co.jp/tonbo/
印刷所	大日本印刷株式会社
製本所	加藤製本株式会社
カバー印刷所	錦明印刷株式会社

乱丁・落丁本は御面倒ですが小社読者係宛お送り下さい。
送料小社負担にてお取替えいたします。
価格はカバーに表示してあります。

ISBN978-4-10-602251-7 C0395

THE TAILOR OF GLOSTER
MRS TITTLE-MOUSE
SQUIRREL NUTKIN
NUTS
From Miss H. F. Daringer
Sept 10. 1960
TOM KITTEN
PETER RABBIT
FLOPSY BUNNIES
TWO BAD MICE
J. FISHER